COLLECTION
L'IMAGINAIRE

Paul Morand

# Milady

*suivi de*

# Monsieur Zéro

Gallimard

En 1965, Paul Morand compose et fait publier sous le titre *Nouvelles d'une vie* une anthologie en deux volumes de toutes ses nouvelles, un genre littéraire dans lequel il aura excellé, avec son goût de faire « rare, bref et serré », comme l'exige, selon lui, l'accélération des temps modernes. Inspiré par son amour des chevaux et publié en 1936 dans le recueil *Les extravagants, Milady* est un jalon dans l'évolution de Paul Morand qui découvre alors que l'on peut voir « avec les yeux de l'âme » et met en scène, dès ces années-là, un univers plus grave, des personnages autrement plus pathétiques, pour tout dire plus vrais, que ceux qu'il avait auparavant campés.

Paul Morand est né en 1888 à Paris. Son père était directeur de l'École des arts décoratifs, la famille aisée, cultivée. Lui-même fera ce qu'on appelle communément un « riche mariage ». Après des études en France à l'École des sciences politiques, et en Angleterre à l'université d'Oxford, il entre dans la carrière diplomatique en 1913 comme secrétaire d'ambassade à Londres. Il est de retour au Quai d'Orsay en 1916, il fréquente les milieux politiques, diplomatiques, mondains, et se lie avec Proust, Cocteau, Misia Sert avec lesquels il partage le goût des soupers fins et la passion de la littérature. Dans le *Journal d'un attaché d'ambassade 1916-1917* (1948), il fera la démonstration de l'acuité de son regard, de la vivacité de sa plume et d'un art consommé de l'instantané. C'est cependant en qualité de poète qu'il débute dans la littérature, en 1919 et 1920, avec *Lampes à arc* et *Feuilles de température.* Dès cette époque, il collabore régulièrement à la *NRF.* Son premier recueil de nouvelles est publié l'année suivante, mais c'est *Ouvert la nuit* et *Fermé la nuit* qui lui apporteront une audience internationale et une réputation de portraitiste des années folles. De ses postes à Rome, Madrid et Bangkok, et surtout d'un tour du monde qu'il effectue pendant des vacances prolongées, il ramène de remarquables textes sur les villes : New York, Londres (suivi du Nouveau Londres en 1965), Bucarest, et *Bouddha vivant, Magie noire, Paris-Tombouctou,* etc., jusqu'à *La route des Indes* en 1935.

En 1933, il entre au comité directeur du *Figaro.* Il ne cesse, pour autant, de publier : notamment *Les extravagants,* où il semble avoir atteint, et certainement avec *Milady,* l'idéal littéraire de dépouillement qu'il s'était fixé, ainsi qu'en témoigne une lettre à ses parents où il exprime son désir de voir s'évanouir l'image du poète dans « une écriture simple où l'art n'apparaîtra pas à première vue ».

Pendant la guerre, le gouvernement de Vichy le nomme ambassadeur en Roumanie, d'où son épouse est originaire, puis à Berne. Sa carrière diplomatique prend fin à la Libération. Depuis 1944, révoqué, il se partage entre la Suisse et la France.

Depuis le tournant amorcé avec *Milady,* depuis l'amer *Monsieur Zéro* et après *L'homme pressé* de 1941, toute l'œuvre de Paul Morand apparaît comme une confirmation que s'il a été conduit à quitter peu à peu la surface des choses et des êtres pour en étudier les profondeurs, c'est moins bousculé par les revers de l'histoire que pressé par une nécessaire, par une irréversible progression intérieure, finalement indifférente aux événements. Ainsi *Le dernier jour de l'Inquisition, Le flagellant de Séville,* ainsi *Le prisonnier de Cintra, Hécate et ses chiens* et *Tais-toi* (1965) sont-ils d'un écrivain qui a gagné, certes en pessimisme, mais en lucidité, sans rien céder, pourtant, de la nervosité de son style.

Son œuvre compte une centaine de romans, recueils de poésie et de nouvelles, portraits de villes et chroniques, auxquels on peut ajouter une pièce de théâtre, un ouvrage historique sur Fouquet, un recueil de préfaces et de monographies sur ses auteurs préférés (*Monplaisir... en littérature,* 1969). En dépit d'une forte résistance, Paul Morand a été admis à l'Académie française en 1968. *Venises,* une chronique de voyages, sera son dernier ouvrage. Paul Morand est mort en 1976.

*Milady*

# I

Sept heures du matin, c'est tôt pour un rendez-vous d'amour. Mais quoi d'autre aurait pu arrêter si souvent devant sa glace le commandant Gardefort ? Lui faire ouvrir sa porte, fermer ses tiroirs, brosser son melon, griller cigarette sur cigarette ? Se pencher à la fenêtre remplie de long en large par la Loire, de haut en bas par les derniers nuages de la nuit · et entre les deux la ligne mince des quais d'où l'élan d'une colline projetait brusquement le château de Saumur en plein ciel ?

La villa du commandant Gardefort ressemblait à tous les logements d'officier : deux pièces sœurs dont on avait fait sauter la porte vitrée ; une peau de gazelle au pied du divan, un plastron d'escrime, une paire d'éperons dorés, une seringue de fly-tox dans la jardinière du salon, une draperie du Touat le long du mur, à hauteur d'appui, un œuf d'autruche pendu au lustre, des disques de gramophone cassés au cours de déménagements, des jumelles d'observation et un fer à cheval en guise de presse-papier sur une collection jaunie du *Journal officiel* dont le dernier numéro datait de deux ans, époque à laquelle le commandant avait été mis à la retraite. Comme tableaux, des photos de promotion (1902), des reproductions en couleurs du Tamanrasset découpées dans *L'Illustration*, et une vue instantanée d'un dragon à col blanc en train de sauter à cheval (corps renversé, reins creusés, style d'avant-guerre), une table servie, autour de laquelle ses camarades, le verre en main, saluent joyeusement le cavalier, figés dans un geste de fausse surprise, comme en avaient les premiers acteurs de cinéma.

Le commandant se regarde, mais sans complaisance ; pour lui, la glace de la cheminée n'est pas une confidente pitoyable ; c'est une surveillante hargneuse, prête à blâmer. Il porte une culotte noire et son ancien dolman d'écuyer du Cadre, encore plus triste étant privé de la note gaie qu'y mettait la rangée d'or des boutons d'uniforme, remplacés désormais par des boutons de cuir. Tout cela apparaît très usé ; le lustré qui se voit beaucoup sous la lumière tombant de biais donne à ce costume de cheval boutonné haut un aspect de soutane, un air de renoncement et de deuil ; les ombres qui sont là pour approfondir les objets et les sertir de douceur n'ont pas de prise sur cet habit, plus monacal que civil, qui jette dans les réunions, les manèges, les rues, une note sévère bien connue des Saumurois et qui tache d'encre les paysages angevins, mais d'une encre lourde de pensées ésotériques et biscornues. De la culotte, garnie d'un daim noir que le frottement des quartiers de selle a fait tourner au violet, le regard du commandant tombe sur ses bottes.

Que les policiers amateurs devinent les habitudes d'une victime par l'usure de ses semelles ; j'essaierai, pour ma part, d'expliquer la psychologie de mon personnage par ses bottes. Le commandant Gardefort vit à cheval : de ses bottes monte, en plus de cette odeur de crottin qui est le parfum même de Saumur, ce relent tenace, recuit, hermétique, où l'on reconnaît plus particulièrement le manège. Non pas le brûlé des randonnées au soleil, la poussière des routes, le jus des sèves d'herbes frôlées, mais cette lente imprégnation du cuir par le contact continu avec le ventre du cheval au travail ; ventre d'abord frissonnant sous le pincer de l'éperon, puis fondant sous les attaques, se mouillant enfin d'une écume blanche qui descend de la selle, le long de la sangle, en ruisseaux mousseux bus par les mollets gainés.

Non seulement le commandant vit à cheval, mais il vit à Saumur, car il possède sept paires de bottes, chiffre imposé par la mystique locale, chiffre aussi rituel que les branches du candélabre du Temple. Toutes viennent naturellement de chez Olaf, rue d'Orléans, toutes sauf deux, une très vieille paire vernie, fabriquée en 1900 par Merlin, génial maître bottier de l'Ecole, qui est mort sans laisser d'imitateur car la grande tradition du veau verni s'est perdue, sauf en Italie, depuis la guerre, et une autre de maroquin rouge, tannée à El Goléa au cours du passage du commandant dans les spahis. Les autres paires sont rangées le long du mur, bien arquées au dehors, les pointes des pieds en dedans, très verticales de dos, très fermes dans leurs embauchoirs ; sans le secours des tiges de bois, plusieurs s'affaisseraient, tant elles ont servi. (Un officier en retraite n'a pas tous les jours huit cents francs à jeter au vent.) Leurs tirants, cent fois rompus, ont été réparés cent fois ; leurs piqûres, rongées par le cirage, ont été recousues maladroitement par les ordonnances. Ces bottes ont si souvent forcé le cheval à entrer dans les coins du manège, elles ont si souvent frôlé les talus ou les piliers et aidé aux pressions de jambes, si souvent animé des flancs rétifs qu'elles se sont à l'usage fendillées et avachies. Une paire en cuir brun a été tellement travaillée à l'huile de bras qu'on dirait une reliure du XVIIIe siècle ; une autre, lacée au-dessus du soufflet, est de ce style qu'on nomme canadien, importé durant la Grande Guerre par les officiers anglais ; des bottes de vénerie, très plissées à la cheville, voisinent avec des bottes à l'écuyère, genoux couverts à l'ancienne mode ; une paire enfin, dite Chantilly, qui date de la jeunesse du commandant, pour la course et l'entraînement des gentlemen, se présente en serre-file. Toutes sont d'une coupe si sûre, d'un élan si exactement tubulaire, d'un cou-de-pied si étudié que Gardefort ne peut les faire entrer qu'au talc et ne les retirer qu'au savon noir.

Nul dandysme dans ces bottes : ce sont des outils, des instruments de dur travail quotidien ; ce sont les témoins de vingt-quatre ans de manège, de carrière, de carrousel, de dressage, de débourrage ; « Seize ans de vie d'écuyer à Saumur — quatre cent quatre-vingts chevaux dressés par moi, dont dix-neuf en haute école », dit volontiers Gardefort.

Ainsi le commandant aime à résumer sa vie. Pendant la guerre (après quelques mois aux armées, on l'a envoyé sur la Loire pour y former des recrues), il a monté jusqu'à douze chevaux par jour, dormant à l'aller et au retour du champ d'entraînement, emportant son déjeuner dans les fontes. A part des stages assez courts dans des régiments, notamment au « 5e cuir », et son passage aux spahis, Gardefort n'a jamais voulu quitter l'Ecole. Cela lui a coûté sa carrière. Nommé chef d'escadron dans l'Est, ayant compris qu'il n'avancerait plus sur place, qu'il ne passerait jamais écuyer en chef au Cadre noir, il finit par demander sa mise à la retraite, décidé, comme beaucoup de fanatiques du cheval, à finir sa vie à Saumur. Lieutenant, on l'avait vu rarement gagner en course et ses moyens ne lui permettaient pas de triompher en ces concours où les fils de famille se disputent les chevaux célèbres à coups de billets. Capitaine, personne ne l'avait chargé de rédiger des instructions hippiques ni de faire de ces cours brillants où un maître peut montrer son savoir ; commandant, il lui manqua ce liant avec les camarades, cette main légère avec les supérieurs, cette adresse à se poser en beau cavalier dans les ministères, cet art, en un mot, d'arriver gagnant, que d'autres, plus habitués à faire les courbettes eux-mêmes qu'à y contraindre leurs chevaux, savent pratiquer à merveille. Ayant écrit une notice sur l'histoire du paquetage dans la cavalerie, il la présenta à Berger-Levrault, qui hésitait depuis sept ans à l'éditer. Bref, en quittant l'Ecole, Gardefort n'y laissait pas — injustice suprême — la réputation d'un grand écuyer, mais plutôt celle d'un étonnant connaisseur en chevaux. Il était resté membre de diverses commissions consultatives de remonte et quand ces messieurs des haras venaient à Saumur, en juillet, pour les achats de l'année, ils ne manquaient pas de réserver au commandant une place dans la tribune d'honneur. Pendant cette

Semaine du Cheval de Guerre, Gardefort devenait grand homme.

Le commandant est impatient. Il ne fait pas de gestes, parce qu'un cavalier en est toujours sobre ; il n'agite pas les bras, car il a l'habitude de serrer les coudes. (« Faites-vous de tout petits bras au galop, disait-il à ses élèves, des petits bras qui vous sortent des hanches. ») Mais l'agacement se devine à travers son immobilité. Qui donc se permet ainsi de le faire attendre ? Arriver en retard est un travers de civils et le commandant en fréquente le moins possible.

Serait-ce vraiment une femme qu'il attend ? Un coup de fièvre chaude, une passion à cinquante ans passés ? On ne met pas nerveusement et fièrement des gants en peau de chien, pareils à des chauves-souris mortes, pour recevoir un employé du gaz. On ne polit pas avec inquiétude les trois bagues dorées de la cravate noire, cette relique du Cadre, pour ouvrir la porte à un fournisseur. On ne refait pas rageusement son lit, un petit lit de camp étroit, un lit de vierge, pour accueillir un facteur, même porteur de lettre chargée...

Le commandant prête l'oreille. Saumur s'éveille. Les camions des ramasseurs de lait passent vers la gare et leurs boîtes sonnent le tonnerre ; des maréchaux de logis à moto, le court stick de bambou sous le bras, s'empressent vers l'Ecole ; mal réveillés, hors d'un train de permissionnaires, les E.O.R., élèves officiers de réserve, courent le long des quais, bouclant leur ceinturon, en direction du manège Kellermann, vers le Chardonnet où les chevaux de carrière tournent déjà, sous leurs couvertures jaunes.

Entre ces divers vacarmes un silence se fait : on se plairait à écouter couler le fleuve. Alors on est tout surpris d'entendre un bruit d'un autre âge, un bruit creux, un bruit à quatre temps, un bruit léger et sonore à la fois qui retentit sur les cailloux de la Loire taillés en pavés ; c'est la musique même de Saumur : le doux, l'heureux, l'harmonieux son des sabots ! Non le pas gras appliqué, alourdi, du cheval de trait, mais le pas fin et pur du cheval monté que les étriers en tintant accompagnent parfois de leur timbre de diapason, lorsque l'ordonnance les décroise au-dessus de la selle.

Le commandant Gardefort s'assied, le chapeau melon sur la tête ; il attend ; ses yeux sont clos ; il semble dormir. La chaleur de juin commence déjà à se faire sentir et le soleil se dore à mesure qu'il monte, comme certains vins blancs d'Anjou se madérisent à mesure qu'ils vieillissent. Les premières mouches de la journée se disputent le sucre fondu au fond de la tasse de café noir, bu depuis cinq heures du matin. Le commandant s'est fait son café lui-même. Dès qu'a retenti la sonnerie acide du quartier, depuis vingt-cinq ans il a coutume de fermer ses fenêtres, de décrocher du mur une trompette de cavalerie accrochée entre ses deux éperons d'or et, debout sur le lit, de se réveiller en fanfare :

*As-tu connu la p... de Nancy ?*

Puis il se prépare deux tasses de moka.

Pour tromper l'attente, le commandant ouvre le tiroir de sa commode et en sort une photo. Sans doute est-ce l'image de quelque personne aimée, car, en la contemplant, ses traits émaciés se détendent, les sillons de désillusion disparaissent ; sa mâchoire volontaire, n'étant plus soutenue par les muscles, descend et la bouche s'ouvre béatement. Une flamme de bonheur passe dans les yeux bleus ; d'une intonation très douce et très mâle, comme s'il s'efforçait de tempérer un reproche, Gardefort lance un appel à haute voix...

A peine a-t-il parlé que la sonnette retentit ; c'est moins une sonnerie qu'un heurt, maladroit d'abord, puis assuré. Bientôt, c'est un drelin-drelin terrible, pressant, désordonné, qui fait jaillir hors de son fauteuil celui qui attendait et le jette dehors ; est-ce une farce de gamin se rendant à l'école ? Non, car le commandant Gardefort a souri ; il rit même ; il éclate de rire en sautant à bas de l'escalier qui conduit à la rue. La porte, il l'ouvre brusquement. Dans le grand cadre clair de la Loire, libéré par les deux battants ouverts, une fine et haute silhouette se découpe sur le ciel maintenant sans nuages.

— *Milady !*

Comme chaque matin, elle est là. Mais chaque matin il l'attend comme si elle ne devait jamais revenir ; elle est toujours à l'heure et il la croit toujours en retard ; elle est toujours la même et il la voit plus belle ; elle le regarde de ses yeux brillants et mobiles, courbant son beau cou flexible, tournant vers lui son front vertical et pur, lui offrant son corps équilibré par la santé et le repos. Ils s'affrontent depuis un long moment ; lui la contemple, la caresse même et cependant elle continue de carillonner par espièglerie, tant elle s'amuse ; écartant délicatement ses lèvres pâles aux sombres commissures, *Milady* ne lâche plus le cordon de sonnette, elle encense de la tête, prend aplomb sur ses jambes fines, met toute sa force à ce jeu, fière de ce geste que son seigneur lui a appris et qui les rapproche ; sans pitié, elle réveille la rue, le quartier, et avertit l'île tout entière qu'elle est exacte au rendez-vous d'amour.

— Sept heures, disent les habitants du voisinage. Voilà la jument *Milady* qui tire la sonnette du commandant.

## II

— A nous deux, ma belle.

Les relations affectives qui s'étaient établies entre le commandant et son cheval n'avaient rien de ces effusions dévoyées, de ces léchages de museau, de ces caricatures d'amour, de tous ces résidus pervers de sentiments humains qui président aux rapports des vieilles filles et de leur pékinois. C'était d'abord un combat, où la jument savait qu'elle succomberait, où elle désirait d'ailleurs succomber, une lutte qui commençait dans l'espièglerie, dans la ruse et se continuait dans la rage, pour se terminer dans une sorte de pâmoison soumise, de détente complète où l'un et l'autre trouvaient leur plaisir. *Milady* était sa chose ; Gardefort l'avait découverte, il l'avait faite ; elle était sa gloire ; elle l'entretenait dans l'illusion qu'il comptait toujours, qu'il appartenait au monde des vivants, qu'il possédait encore tous ses moyens physiques et moraux, bien qu'il les eût, comme tout le reste, en partie perdus.

Son instinct extraordinaire du cheval qui allait presque jusqu'à la seconde vue et qui, dans d'autres domaines, eût fait de lui le roi des impresarii, le prince des managers, le type même d'un supérieur des Jésuites mais qui, en la grise et malchanceuse monotonie de sa carrière militaire, n'avait même pas pu s'exercer à fond dans le domaine hippique, ce don de prospection que quelques-uns de ses égaux, pas mal de ses inférieurs mais aucun de ses chefs n'avaient soupçonné, ce génie étrange de la découverte, mélange d'amour et de magie, qui était le sien, l'avaient, un beau jour, fait tomber en arrêt devant *Milady*, quelque part en Normandie, dans une de ces tournées de commissions des Haras où il était convié.

C'était toujours la même comédie.

L'aboyeur annonçait :

— Chevaux de trois ans... Anglo-arabes... Grande taille, 1 m 57 et au-dessus : *Kif-Kif III*, par *Gangster*, anglo-arabe...

— ... et *Ecossaise*, demi-sang, continuait machinalement le commandant qui connaissait cette lignée-là par cœur.

Tandis qu'on présentait le cheval à la longe, un murmure d'approbation gagnait le coin des éleveurs désireux, ce jour-là, d'attirer l'attention de ces messieurs du haras de Pompadour.

— Joli garçon, ce *Kif-Kif*...

— Peuh ! grommelait Gardefort, ne se gênant

pas pour hausser les épaules, c'est creux, pas de dos... Vous feriez mieux d'envoyer ça au vélodrome.

Les marchands de chevaux, consternés, s'entre-regardaient.

Sous le frais des platanes, foulant le sable récemment arrosé, une jument s'avance d'un joli pas allongé et se présente tête haute :

— Tenez ! en voilà une qui a de la lame ! s'écrie Gardefort sans attendre l'opinion publique.

Il faut voir son œil à ces moments-là, son petit œil bleu foncé, si dur. Il faut le voir découvrant un sujet qui plaît à son instinct, qu'il a distingué avant tout le monde, en faire le tour, le considérer de profil, de derrière, de biais. Il ferme une paupière, comme les horlogers devant un fin travail.

— Arrêtez ! crie le commandant. Au galop, c'est trop facile, mon garçon ! Il faut peser ça sur place...

Et il commence par examiner les antérieurs. Puis, après s'être assuré du bon état des membres et des aplombs, après avoir vérifié si la jointure qui les lie aux sabots est flexible, son regard remonte doucement, s'arrête aux pointes de l'épaule ; Gardefort en toise l'écartement avec deux doigts, comme ferait un architecte.

— Je ne crois que ce que je vois, dit-il.

Personne ne s'y connaît comme lui ; après

avoir tâté les tendons, il palpe les jarrets, les genoux puissants. Satisfait, il se relève enfin :

— Diable ! Tout cela est bien soudé !

C'est à ce moment qu'apparut *Milady*. Les officiers acheteurs aux dépôts de remonte, infaillibles théoriciens, ne voulurent pas de la jument. « Aucun cadre », disaient-ils, et « pas de taille ». L'inspecteur général des haras avait mis son monocle : « C'est un cheval manqué », déclara-t-il, et il ne leva plus le nez, se replongeant dans sa liste des naisseurs ; pour lui, un anglo-normand qui n'était pas de Merlerault ou du Cotentin ne pouvait être qu'une rosse. Seul, le commandant avait vu. Ses confrères étaient séduits par quelque coussin de graisse à l'encolure faisant saillie sous la crinière, trompés par des sujets soufflés, élevés dans une écurie tiède et humide qui leur vaut des formes momentanément agréables. Il les laissa s'égarer sur des animaux remplumés pour les ventes comme des volailles pour les expositions d'aviculture. Lui avait observé à El Goléa ces chefs arabes qui savent dépouiller instantanément les poulains de leurs attraits factices et aller droit à l'âme, au cœur même de l'animal, au centre de la vitalité et du courage.

— D'abord, la lignée de cette *Milady* est obscure ; voyez le pedigree ; *Pépin le Bref* n'a jamais brillé au haras du Pin, fait un fonctionnaire, aveuglé par le témoignage écrit.

Oui, Gardefort ne croit que ce qu'il voit, le jarret merveilleux, le rein court, la croupe longue, le dos soutenu, les articulations bien attachées, l'encolure bien greffée. Qu'elle soit susceptible, chatouilleuse et même un peu ramingue lui plaît. « Il faut savoir la nourrir, voilà tout. » Son regard enthousiasmé perce la peau fine, ausculte le cœur, devine la capacité des poumons sous les côtes, sous la poitrine profonde, pressent l'excellence des organes digestifs, la texture puissante des muscles et des os, se concentre sur le cerveau, nœud de la résistance, de l'intelligence annoncée par la largeur du front, par l'œil magnétique, expressif, et par les oreilles bien plantées.

— Le dos est voussé, l'épaule vient en avant... fait le président du Comité d'achat. C'est un cheval à la limite. Le Comité ne peut s'y intéresser.

— Les animaux parfaits n'existent pas, dit Gardefort en haussant encore les épaules. La nature a toujours besoin d'être rafistolée.

Et il achète, lui, ce cheval de quatre ans ; il l'achète par un coup de tête, comme on se fiance.

— A nous deux, maintenant.

Le commandant passa un doigt dans la gourmette, un autre sous la sangle et mit le pied à l'étrier. Très légèrement, il se glissa dans sa selle et poussa la jument dans l'allée qui conduisait à sa « carrière ». Il nommait ainsi un jardinet, derrière sa maison, un enclos d'une cinquantaine de mètres carrés qu'il avait pris soin d'aménager en manège privé, tant il avait gardé de son long séjour au Cadre l'horreur traditionnelle des promenades en rase campagne et quelques vieilles préventions contre le travail « en avant ». Ce champ clos lui donnait tout l'espace nécessaire à cette équitation étudiée, à ces airs de plus en plus serrés, à ces mouvements de plus en plus condensés (si l'on peut appeler mouvements ces invisibles effets des jambes et des mains, ces simples appuis du talon, ces pesées de l'étrier nommées, à l'ancienne, et si joliment, « les aides secrètes ») qui résumaient pour lui tout l'art de monter à cheval. Pratiqué seulement dans une région limitée à l'est par Montsoreau, à l'ouest par le champ de courses de Verrie, au sud par Thouarcé et au nord par La Flèche, ce noble métier équestre était, partout ailleurs, à l'entendre, entre les mains de gens sans génie, sans conscience et sans style. Hors de ce quadrilatère sacré, il n'y avait que des cow-boys, des jockeys, des épateurs de concours hippique et des cavaliers du dimanche ; au-dessous d'eux, on ne trouvait plus que le commun des mortels, en un mot l'humanité démontée, les piétons, c'est-à-dire exactement rien. Au centre de cette région idéale où survit la grande tradition, n'existait pour le commandant Gardefort que l'Ecole, c'est-à-dire le manège des Ecuyers ; et sa propre cour. Là seulement, entre quatre murs, dans ce lieu d'assujettissement complet, à l'abri des regards, des bruits, des distractions, de l'espace, *Milady*, chaque matin, travaillait.

— Je m'aperçois parfaitement que vous me voyez venir... Ce n'est pas pour rien que le cheval possède un œil derrière la tête...

*Milady* s'animait ; ses jambes raidies par l'immobilité de la stalle se dérouillaient soudainement ; on entendait le crissement léger des crins de sa queue portée en trompe, projetée de gauche à droite de plus en plus prestement, signe avant-coureur de la ruade ; le commandant, tout heureux, la provoquait presque, donnait au cerveau de l'animal le temps d'en mûrir l'exécution, puis, à l'instant précis où les muscles allaient obéir, il lui relevait la tête, lui creusait le rein et la portait vivement en avant.

— Bravi, bravu...

Il lui parlait toujours un étrange idiome de jeunes mariés, un argot inventé, un patois de nourrice que la jument comprenait parfaitement, un tendre baragouin hippo-humain qui répondait mieux à ses besoins que le français et dont l'exclusivité semblait la flatter.

— Croc... croque... croquignons... faisait Gardefort, jusqu'à ce que *Milady* eût assoupli son encolure et bruyamment mâché son mors, comme un bonbon de métal,

— Attention : caramouchez ! cloc !

Et *Milady*, d'elle-même, se mettait au passage.

— Comme elle est belle au passage ; elle semble repousser le sol et mépriser la terre qui la porte ! se disait Gardefort avec orgueil.

Ils se promenèrent ainsi longtemps, presque sur place, sans parler, comme un homme et une femme enlacés se tiennent par la main, elle, protégée, soutenue, lui, la jambe près, la main délicate et comme à l'écoute de la bouche. Ce dialogue se prolongea. Il la respirait, il sentait monter son odeur échauffée et il savait qu'elle n'était pas moins sensible à la sienne ; quand il s'absentait, il lui laissait toujours dans sa mangeoire un vieux pyjama de pilou dans lequel il transpirait les jours d'attaque paludéenne, pour qu'elle ne se déshabituât pas de lui.

Le commandant fermait les yeux ; qui maintenant eût dit, sinon un écuyer, que cet homme âgé, à la moustache poivre et sel, aux bras immobiles, au corps flexible, et qui semblait cheminer sans effort sur le dos d'un cheval à peine moins endormi que lui, était plus tendu en réalité qu'un jeune officier au galop, qu'un jockey prêt à aborder quelque gros obstacle au milieu d'une foule acclamante ? Le commandant fermait les yeux, en communion avec le génie hippique, pour mieux « sentir son cheval », pour ne perdre aucun des mouvements qui se passaient sous lui, prêt à les corriger s'ils n'engageaient pas à son gré la masse : « Pied au poser... pied à l'appui... pied au lever... pied au soutien... »

Le pas était pour lui l'épreuve suprême, permettant de tâter le cheval, de le conserver exactement en ligne de marche, la tête bien placée.

— Léal, mon ami, enfoncez-vous bien ceci dans la cervelle : on va toujours trop lentement au pas ; on va toujours trop vite au trot et au galop. Souvenez-vous du tour de force du marquis de la Bigue qui mit une heure pour traverser la Place d'Armes de Versailles sans avoir une seule fois abandonné le galop. Et ce n'est pas qu'il s'accrochait à la bouche, puisqu'il n'avait comme rênes que deux fils de soie !

Celui à qui s'adressait cette sentence s'inclina respectueusement. C'était un sous-lieutenant de cuirassiers. Luc de Léal, le seul ami du commandant, avec M. Béguier de La Digue, le président des Crottes-de-Bique. C'est souvent par de bizarres amitiés que les générations se joignent, par des rapports saugrenus que les traditions se continuent : tel précieux secret de cuisine se serait perdu sans l'amour d'une vieille femme pour son curé, telle botte d'escrime, telle technique du roman, tel précepte de sagesse sans quelque rapprochement inattendu entre un ancien maître d'armes, ou un écrivain oublié au fond de la province, ou un mandarin parcheminé et un adolescent avide d'apprendre, qui les transmettra à son tour. Léal avait senti chez Gardefort, son aîné de près de trente ans, tant d'expérience fragilement accumulée, qu'il aimait, lorsqu'il était libre, venir consulter celui qu'il nommait son maître. Le commandant n'avait jamais monté, depuis vingt années, sans prendre des notes sur son agenda et ensemble, parfois, ils les relisaient. De la troupe des « petits péteux » avides de sauter la triple barrière le cul en l'air, tout fiers de ramasser une gaufre au trou-du-loup sans perdre leur monocle, le commandant tâchait de détacher Léal pour en faire un vrai écuyer, pour le convaincre que l'art hippique, ça se pratique en chambre, presque sur place. Ce qui lui avait plu, c'est que Léal ne prenait jamais de congé et passait les moments où il n'était pas de service, comme un élève des Beaux-Arts copiant des tableaux de maîtres, caché dans un coin du manège, et aussi que, la première fois qu'il l'avait rencontré, Léal avait parlé des hanches de *Milady* et non de sa croupe, expression moderne qui exaspérait le commandant. Peu à peu il lui avait donné sa confiance.

— La voilà qui redresse le toupet, ma belle rouée. Allons, ma fille, c'est'y moi l'patron ? Voyez comme elle se durcit, malgré ma pression de jambes... Un cheval, c'est comme un fleuret que l'on pousse sur un plastron ; plus on le pousse par derrière, plus il plie, à condition que le plastron ne recule pas... Tenez, ici, il y a encore quelque part une résistance... Puisque vous êtes là, Léal, ne bougez pas, nous allons la chercher ensemble ; *primo*, il faut localiser cet îlot de force contraire, *secundo* il faut que je l'extirpe, *tertio* que je lui fasse remonter ça du fond du corps, tout au long de l'encolure, et que je l'amène jusque dans ma main : alors seulement nous la posséderons, la charogne.

*Milady* se défendait. Elle faisait entendre cet ébrouement particulier des chevaux ardents qui désirent marcher et qu'on retient.

— Ah ! tu rappelles !

Gardefort éprouvait du plaisir à lui arracher son secret entre ces murs nus, garnis seulement de vieux espaliers horizontaux, ramifiés comme des arbres généalogiques. C'étaient des murs d'un blanc verdâtre, de cette même pierre des falaises de la Loire nommée *tuffeau* dans laquelle furent construits le manoir de Joachim du Bellay, la maison de Rabelais et celle du père Grandet. Sur ce fond livide, toute mordorée au soleil, se détachait la robe alezane, qu'une moiteur commençait à ternir le long des flancs et sous les rênes. Qui eût reconnu dans cette jument puissante, au dos soutenu, au flanc bien relié, aux pieds de bonne nature, l'animal terne et mal gauchi dont le comité d'achat n'avait pas voulu ?

— Voyez, je la pétris, disait Gardefort. Je la pétris...

La lutte entre le rein et l'encolure de la jument, d'une part, et de l'autre entre les éperons et les mains de l'homme, continuait sourdement ; c'était comme deux arcs contraires qui se tendaient, qui pliaient à se rompre et dont aucun n'acceptait de céder ; les flancs de *Milady* se teintaient de violet.

— Je donnerais bien mes quatre ficelles pour savoir où elle dissimule cette tache-là, la saloparde !

Gardefort parlait de la résistance qu offrait la jument, comme un officier des affaires indigènes parle d'une tache de dissidence qui, par sa coloration brune, enlaidit sur les cartes le rose uni et pacifique des pays soumis.

— Nom de Dieu ! il me faut ma victoire !

Enfermée comme dans une prison, — une prison aux barreaux mobiles, — entre les mains et les jambes du commandant, soudain *Milady* se sentit prise. Affolée, elle voulut se servir de cette force même qui la cernait de toutes parts pour lui opposer une force contraire, mais l'ancien officier éventait déjà sa ruse : il éloigna ses éperons, remplaça à l'improviste la contrainte par une si excessive finesse que le cheval, ne trouvant plus devant lui que le vide, se sentit perdu et se raidit.

— J'ai trouvé !

— Où était-ce, mon commandant ?

— Ah ! çà, mon garçon, à toi de deviner. Je te paie une chopine de pineau rosé si tu me l'annonces.

En effet, Gardefort avait trouvé. Il lui avait suffi d'une légère pesée de l'assiette au bon endroit pour déclencher le réflexe, et cela avait été exécuté si délicatement que *Milady* semblait obéir maintenant d'elle-même. Tout ce qui en elle pouvait et devait ployer fléchissait.

— Croc... croc... Cassez la noisette, ma fille !

Et aussitôt la jument faisant le col de cygne abaissa sa jolie tête couronnée au frontal de cuir verni ; tout heureuse entre les jambes apaisées du cavalier qu'elle aimait, elle goûta librement son mors.

— Y es-tu maintenant ? demanda Gardefort, en tutoyant affectueusement Léal.

— Pas du tout.

— Eh bien, monte là-dessus.

Sensible à ce très rare honneur, Léal sauta en selle, sans se le faire dire deux fois.

— Du calme. Réfléchis. Equitation et équité, c'est la même chose. Et si tu trouves, à ton tour, tu auras droit à des brides d'or ! Ça a commencé comme ça : je suis descendu de trois à deux temps de galop et c'est en travaillant le changement de pied à chaque temps que la difficulté m'est apparue. Je ne t'en dis pas davantage. Maintenant, accorde ton violon et tâche de jouer juste !

Léal prit sa cravache et en frotta d'abord l'encolure.

— Pour commencer... pas de ça ! Il ne faut pas se faire craindre, il faut se faire respecter, laisse là ta cravache.

Au lieu d'envoyer le cheval sur la main à l'aide des jambes, le sous-lieutenant refoula l'avant-main sur l'arrière. Alors les choses se gâtèrent en un instant. Léal avait beau jouer du petit doigt sur les rênes, l'encolure se durcissait.

— Vous avez besoin de retourner à l'école ! fit Gardefort, le vouvoyant par mépris.

— Je ne sens pas la bouche...

— Les vieux écuyers faisaient bien plus difficile que ça : ils tenaient dans la main gauche les quatre rênes, la cravache, la tabatière et le mouchoir de dentelle. Et pourtant, ils la sentaient, la bouche !

En vain Léal tendait le filet. Il n'arrivait à rien. Sentant l'insuccès, le jeune homme attaqua et lança *Milady* en avant. Gardefort, qui avait commencé par rire, prit un air profondément las et dégoûté.

— Je croyais pourtant vous avoir enseigné quelque chose...

Le commandant se tenait au milieu de sa cour, la cravache sous le bras, les bottes trempées de sueur et molles de tristesse, les éperons tombant sur les talons, l'habit tout fripé de désespoir.

— Cosaque ! D'abord, tu es bossu bossu...

bossu... Voyons, qu'est-ce qui t'a amené ce matin ?... Tu ne réponds pas ?... Je vais te le dire : c'est la Providence qui t'a amené... Pourquoi ?... Parce qu'elle t'a mis sur un cheval qui est une véritable merveille... un cheval qui va tout seul... un cheval qui t'avance d'un an sur tes camarades... Si les écuyers dressent les chevaux, ce sont les chevaux qui dressent les cavaliers... Donne de la rêne gauche... Ciel ! quel bousillage ! Halte ! Repos ! Par curiosité, dis-moi, qui t'a mis à cheval ?

— J'ai appris à quinze ans au manège Dupleix, sur des chevaux d'artillerie...

Le dégoût du commandant ne connut plus de bornes.

— Alors, je t'absous. Des chevaux d'artillerie ! Autant monter sur une plate-forme de tramway.

Les traits du maître tombèrent, ses bras tombèrent aussi, puis sa bouche, puis son nez et ses épaules.

— Regarde-toi ! J'ai dit « repos », je n'ai pas dit « inaction ». Tu ne la soutiens pas dans tes jambes ; elle allonge l'encolure ; elle s'en va toute seule, comme un cheval de laitier !

Léal replaça la jument.

— Qu'est-ce que dit Baucher ? Qu'est-ce que doit trouver le cheval ?

— Le cheval doit trouver aisance et agrément dans la domination du cavalier.

— Bien. Qu'est-ce que dit d'Aure ? Ce n'était pas un écuyer sublime, surtout si on le compare à l'autre, mais il a écrit quelque chose qui mérite de rester : « On mène le cheval... » (et joignant le geste à la parole, Gardefort poussa d'une main à droite et de l'autre à gauche)... Tu as déjà oublié ! Il a écrit : « On mène le cheval par les deux bouts, *comme un bateau* ». Bref, tu as raté ton affaire en tirant sur le filet : essaie donc d'avoir des rênes légères, légères comme des rubans... Bien. Maintenant (sans que je m'en aperçoive, surtout !), fais-toi des jambes capables d'envoyer ton cheval dans le feu ! Avance sur moi !... « L'étrier est l'ornement du pied, non pas un moyen de salut ! » ne l'oublie pas.

Le sous-lieutenant avait réussi enfin à bien enfermer la jument ; elle se cadença aussitôt, s'ennoblit.

— Léger ! léger ! Parfait... Voilà... elle te donne ses forces... regarde... elle n'en garde plus pour elle... Vois comme les ressorts se détendent : ils sautent ! Elle est à toi. Bravo ! Tu n'as plus qu'à descendre.

Léal en sueur, les jambes arquées et les bras brisés, sauta à terre.

— Dis-moi maintenant où était la résistance... Ecoute-moi, avant de me répondre par une sottise : puisqu'elle a levé le jarret quand je t'ai dit de presser du talon, cela veut dire que la résistance était... était...

— … dans la hanche droite, répondit Léal, peut-être au hasard.

Gardefort se redressa, pâle, mais rayonnant, et prit Léal avec tendresse par les deux oreilles.

— Enfin, tu commences à monter, fit-il.

## III

Il existe, par le monde, des villes de la jeunesse ; la France n'en compte que deux : Saumur et Grenoble. Dans les rues de ces villes-là brillent les yeux clairs, les peaux sans rides, les rires neufs, les figures où la partie supérieure, siège de l'esprit, domine, où le cou et le menton n'ont pas encore été empâtés par la matière et le bien-vivre ; les dos n'ont pas été courbés par les soucis, les ventres n'ont pas été déformés par la digestion ou par l'enfantement. Qu'il est beau de vivre là ses vingt ans, mais qu'il est amer d'y finir ses jours ! Et pourtant, beaucoup d'anciens barreurs ou rameurs reviennent hanter les environs d'Oxford ou de Cambridge, beaucoup de duellistes retournent pour s'y fixer sur les bords du Neckar, au pied des ruines d'Heidelberg. Sur la Loire, que d'officiers en retraite, que d'ex-beaux cavaliers, aux os cent fois brisés, — brisures dont ils riaient jadis mais dont ils souffrent aujourd'hui où l'arthrite s'y est mise, — sont tapis dans l'ombre des peupliers et des saules. La mélancolie des souvenirs leur est pourtant moins douloureuse que cette mort prématurée que serait pour eux le séjour d'une grande cité, malgré ses plaisirs, ses fictions, ses salons et ses jetons de présence.

Jamais le commandant Gardefort ne se promenait à cheval ; n'eût-il pu aménager sa « carrière », il aurait monté *Milady* dans son salon, tant l'idée de laisser à sa monture les rênes sur le cou lui paraissait insupportable. Il ne sortait jamais qu'à bicyclette, avec un parapluie attaché le long du cadre, près de la pompe à air ; c'est ainsi qu'il longeait en ce moment les quais de la Loire. Il passa devant l'*Hôtel Budan*, qui est aux anciens de Saumur ce que l'*Hôtel de la Mître* ou le *Clarendon* sont aux vieux Oxoniens qui y reviennent au moment des régates pour admirer leurs fils ; *Budan*, c'est aussi l'hôtel des éleveurs et des propriétaires de poulinières, le refuge des comités de haras, l'asile des fermiers chouans, le temple des gentlemen-riders, la patrie des familles d'élèves-officiers et des amoureux eux-mêmes ; c'est l'hôtel des affaires d'héritage et des accordailles. On y trouve des cravaches sur toutes les tables ; on n'y entend guère que des phrases comme celle-ci :

— C'est encore une belle femme...

— Certes. Mais un peu trop de paquetage pour mon goût...

Ou encore :

— Je l'ai acheté le 4 au Tremblay, pour 18.000, dans un prix à réclamer...

— 18.000 !

— Parfaitement. Et dans les journées du mardi et du mercredi, il me gagnait pour 60.000 francs de prix et 2.000 francs d'objets d'art.

Le commandant, personnage excentrique, passait toujours au large de cet hôtel fameux, qui ne lui rappelait que de mauvais souvenirs : c'est là qu'il s'était fiancé, c'est là qu'il avait découvert son déshonneur, — la chambre du coin, au-dessus du pont, — et c'est là que les avoués s'étaient acharnés à lui faire rendre l'âme ; y renonçant vite d'ailleurs (car il était, comme il disait, dur de bouche), mais non sans emporter ses derniers sous.

Son ex-femme, Eliane, née Chaînedecœur, n'était pourtant pas une de ces créatures si plaisantes, si délurées ou si délicates qu'on est à peu près sûr de faire son malheur en les épousant ; c'était après tout quelqu'un d'un modèle ordinaire, pensait Gardefort maintenant qu'il la jugeait sans haine ; une femme très agréable et même spirituelle si on en était aimé, mais un beau chameau dès qu'on lui devenait indifférent. Ses cheveux très blonds la faisaient passer pour jolie aux yeux des gens superficiels, c'est-à-dire à peu près tout le monde. Elle était fille d'un proviseur du Lycée de Tours, licenciée ès lettres ; il l'avait connue infirmière bénévole à des cours de la Croix-Rouge. Elle avait vingt ans de moins que lui. Les premiers mois avaient été heureux ; ils se promenaient dans la forêt de Chinon en se tenant par le cou ; elle aimait l'amour. Par malheur, Gardefort, au lieu de lui faire un enfant, avait préféré la mettre à cheval. Son premier costume d'amazone, une folie de chez O'Rossen, lui allait à ravir. Mais jamais elle n'avait pu comprendre ce qu'était une demi-volte ; elle dépassait chaque fois le milieu du manège. D'une insigne bêtise, lorsqu'elle vit le bel alezan qui sous l'énergique action de son mari mâchait son mors, elle demanda : « Est-ce qu'il a mal aux dents ? » Gardefort acheta à sa femme un cob puissant et très froid, sur lequel il n'y avait qu'à se laisser porter ; on l'essaya dehors ; leurs sorties furent désastreuses :

— Tu tires.

— Non.

— Je te dis que tu tires.

— Je te dis que non.

— Descends la main... Tu ne sens pas ta rêne d'appui. Ne lui laisse pas allonger la tête.

L'hiver venu, Gardefort prétendit enseigner à son épouse des rudiments de la haute école : elle ne dépassa pas les appuyers.

— Les chevaux ne sont pas faits pour s'en aller de côté, comme des crabes, gémissait-elle.

— Tu n'as donc pas de point d'honneur ?

— Non. Je préfère faire comme tout le monde.

— Tout le monde fait mal.

— C'est trop difficile.

— Tu n'es pas digne d'être ma femme. C'est une honte !

La nuit, il la réveillait, il la prenait à la crinière, comme un arabe sur lequel on va sauter :

— Pourquoi, dis-moi seulement pourquoi ton cheval allongeait la tête et je te laisserai dormir.

Il se buta. Pendant dix mois, il ne lui adressa plus la parole. Elle pleura, puis le trompa. Ce fut le divorce. Il fit défaut en conciliation. « Elle refuse d'engager les jarrets sous la masse », écrivit-il à l'avoué. La plaignante répliquait que son mari l'avait rendue ridicule en adressant à tout Saumur, lors de la naissance d'un poulain, une lettre de faire-part rédigée au nom de sa jument préférée. Le juge haussa les épaules :

— Encore une fois, refusez-vous de reprendre Eliane Gardefort, née Chaînedecœur, au domicile conjugal ?

— Certainement.

Gardefort appuya sur ses pédales, maudit les encombrements d'autocars qui embouteillaient le quai devant l'*Hôtel de la Bascule*. De là partent les lignes de Vendée (comme au temps des diligences, et pour les mêmes raisons, les hôtels terminus groupent à nouveau dans les villes les gens d'une même région). Plus loin, le Saumur militaire commençait et Gardefort se retrouvait soudain rajeuni de trente ans. Après Saint-Nicolas-du-Chardonnet, au niveau même des eaux de la Loire, mais séparés d'elles par la levée, de grands bâtiments rectangulaires de la fin du XVIIIe ou de l'Empire se succédaient, dont les toits affleuraient au niveau de la route surélevée : les Écuries, puis les Manèges. Tout autour s'étendaient les communs, l'école de maréchalerie et les bistrots où, sous des tonnelles de glycines centenaires, les sous-maîtres venaient prendre le premier vin blanc à neuf heures du matin et où, depuis près de deux siècles, toute la cavalerie française a laissé des ardoises. Un écuyer à éperons d'or, envié au passage par les adjudants du train des équipages, sortait du manège Lassalle. Gardefort en avait tant vu de ces brillants espoirs, de ces possesseurs de beaux torses aux pectoraux dessinés sec comme dans David, de ces rigolards ou de ces piocheurs, de ces cavaliers d'avant-guerre à corsets et à moustaches soyeuses, « en tenue fine », de ces viveurs à crédit, de ces instructeurs pompeux ou pète-sec, il avait vu passer tant de promotions qu'il ne prêtait désormais guère attention aux hommes et ne regardait plus que le décor.

Dans la grande chaleur de juin, après déjeuner, la place du Chardonnet était un désert bordé d'écuries, où les chevaux reposaient à l'ombre, à l'abri des mouches, grattant le pavé parce qu'ils avaient soif. Saumur, alourdi par les vins de coteaux et par le réveil à cinq heures du matin, faisait la sieste ; l'enclume de la maréchalerie restait muette ; au café *Girard* les garçons dormaient, la tête dans leurs bras. C'était l'heure que le commandant choisissait pour sa promenade, parce qu'il était misanthrope et parce que ces murs de chaux crue, battue de soleil, devant lesquels passaient, en se tenant par le petit doigt, des ordonnances spahis en uniforme moutarde à grandes ceintures rouges, cela lui rappelait El Goléa ou Sfax. Sauf de vieux gardes-manège, personne ne le reconnaissait.

Sur la place encadrée de platanes, l'Ecole dépliait son fronton à l'antique, prolongé à gauche par l'Hôtel du Commandement et par le mess. Gardefort ne gardait pas rancune à cette table si gaie et à cette cuisine si triste (toujours deux demi-sardines et un bifteck cresson !). Dieu, qu'il avait ri, là-dedans ! C'est là qu'il avait joué vers 1902 une revue de fin d'études. Les couplets, qu'il avait oubliés dans son âge mûr, lui revenaient en mémoire, au seuil de la vieillesse :

*Debout, chevaux de débourrage*
*Le jour de gloire est arrivé !*

Et le refrain, toujours sur l'air de *La Marseillaise* :

*Debout, jeunes chevaux*
*Pétez du vitriol*
*Ruez, mordez ! Voici le jour*
*De rompre vos licols !*

Elle était impayable cette revue, avec Carléon qui faisait Pluvinel, le grand écuyer de Louis XIII ; on l'amenait dans son cercueil, la barbe étalée sur sa fraise, et il déclamait on ne sait plus quel vers dans le galimatias poétique de l'époque, genre *Cyrano*. La tirade finissait ainsi :

*Je suis grand écuyer de toutes les planètes,*
*Je chevauche un bel astre à la crinière d'or...*

Promotion Fez : Cailloux, Fleurieu, Lucenar, Carléon, Saint-Chabrais, tous ceux qui, avec lui, coupaient joyeusement la nuit les amarres des bateaux-lavoirs municipaux qu'on retrouvait le lendemain échoués du côté d'Angers... Leurs chambres d'aspirants, où ils s'entassaient pour travailler la topographie et la tactique ; les bottiers célèbres chez qui il fallait d'abord prendre un numéro d'ordre ; les exercices d'hiver au manège Kellermann, alors éclairé au gaz, les sabres pointés sur les mannequins le travail à la lance, le trot sur les carrés, le pilage de poivre, la récitation, sans reprendre souffle, de la généalogie des pur-sang, les vieux effets revendus à la fin des classes... Cailloux, Fleurieu, Lucenar ; tous disparus ou tués. Du dîner de promotion, chez *Génin*, le commandant restait seul, seul avec Saint-Chabrais, le plus bête, celui à qui on faisait croire que l'aumônier montait en amazone, celui qui était devenu général.

Comme c'était loin, ce Saumur d'avant la guerre où les civils comptaient pour rien ! pensait Gardefort. En gravissant lentement la pente de ses souvenirs il lui semblait peiner dans la montée des vieilles rues vers le château ; ces rues où l'on vous vidait des pots de chambre sur la tête, avec leurs maisons taillées dans les fortifications du $XV^e$, avec leurs fenêtres à meneaux, leurs portes ferrées de clous forgés pareilles à des godasses collection de guerre, leurs colombages pliant sous le poids des chevrons, leurs cours flanquées d'échauguettes. Les paysans arrivaient au marché en cabriolet et leurs femmes portaient encore les coiffes d'Anjou en tulle tuyauté ; on rencontrait de vieux militaires qui parlaient un merveilleux français en articulant chaque mot et qui affectaient de porter la croix d'honneur de l'Empire ; des hommes qui sont maintenant membres du Conseil Supérieur de la Guerre montaient alors à soixante-six kilos ; les couleurs vives des uniformes égayaient les cafés ; Saumur regorgeait de beuglants et ces beuglants d'officiers ; les différences de grade s'y effaçaient comme dans un salon. On ne fumait pas dans les manèges et à chaque reprise les aspirants saluaient les maîtres... Toute la ville avait l'esprit cavalier, le culte de l'honneur, l'amour du risque, le mépris de l'argent ; les marchands de vin de Saumur ne tenaient pas encore le haut du pavé et ne fabriquaient pas de grands crus de faux champagne ; la cavalerie n'était pas motorisée ; l'Ecole allait à la messe, le général en tête ; de vieilles voitures de place stationnaient devant le théâtre, dès le point du jour ; les marchandes des Sables criaient leurs sardines fraîches dans les rues mortes : « à la vive, à la douce » ; et les bourgeois commandaient à leur bonne : « Ne les paie pas plus de deux sous pièce ! »

Plus loin encore, Saumur conquis sur les eaux et bercé comme un enfant endormi entre les deux bras de la Loire ; Saumur royal, tué par l'Edit de Nantes mais ranimé soudain par l'arrivée des beaux cavaliers de Monsieur ; Saumur chouan ; Saumur d'avant les chemins de fer, quand les gens prenaient le bateau à vapeur pour aller de Tours à Nantes et que les barques chargées de foin abaissaient leurs mâts pour passer sous les ponts.

— Il n'y a que les couchers de soleil qui n'ont pas changé, pensait le commandant en rentrant de promenade. C'est le même rose. Sur la Loire, tout est rose : les roses, les saumons, le pineau et les fins de journée.

Il revenait maintenant par la rive gauche. Des couleurs tropicales coloraient ces flaques immobiles qui s'attardent sur les hauts fonds et que les gens du pays nomment des *luisettes*. L'eau avait baissé : ce saule que Gardefort connaissait bien et qui dominait la plaine, l'hiver, était seul à sauver de la crue quelques hautes branches limoneuses. Les palmiers de pleine terre et les magnolias, les lauriers, les figuiers, poussaient au bord de l'eau, sur les terrasses, adoucissant encore ce paysage d'Anjou jusqu'à lui donner un aspect rhodanien. Trève, avec son donjon clair rayé de cyprès, ressemblait étonnamment à Tarascon ; le *tuffeau*, perdant sa couleur livide, se teintait de rose chair comme le pentélique ; les prés devenaient des jardins en approchant de l'eau et les murs abritaient de vrais fruits d'exposition horticole, des poires énormes, des pommes à couteau, des figues naissantes ; dans un fouillis de forêt vierge émergeaient des choux-fleurs géants et des artichauts ronds. A l'arrière-plan, parmi des bois sombres et frais comme des grottes, montaient des maisons fortes à pignons, des châteaux moins célèbres mais plus gais que ceux de Touraine. Des gentilhommières Renaissance ou Louis XVI, — les deux grandes époques de l'Anjou et de l'équitation, — élevaient roidement leurs toits houleux, car l'humidité en avait fait jouer les chevrons, toits en ardoises d'Angers mangés de lichens jaunes ; elles enfonçaient leurs seuils dans des jardins de curé pleins de gueules-de-loup, de roses-trémières et parfumés d'œillets de poète.

Entre les îles de sable, toutes blanches tant le soleil de midi les avait sucées et exprimé jusqu'à leur dernière goutte d'humidité, la Loire divaguait parmi des paradis d'oiseaux ; sur la rive nord le paysage s'étendait en prairies bossuées de buttes artificielles contre les inondations. A l'angle des mairies, sur des échelles graduées, se lisaient les étiages des hautes crues. A Cunault, l'église écrasait ses lourdes voûtes romanes dans les alluvions comme un cachet dans une cire chaude. Des nuées de martinets poursuivaient les pucerons du soir parmi les osiers et les saules ; les pêcheurs préparaient leurs lignes de fond à dix hameçons. La Loire jouait en silence, à sa guise, prenant son temps. Gardefort l'aimait parce qu'elle s'écoulait lente et noble, parce que, seule de nos fleuves, elle était à grande échelle et à la taille des nouveaux mondes, parce qu'elle restait oisive et ne servait à rien, en notre âge où tout doit servir à quelque chose. Un miroir à châteaux.

Celui de Saumur apparut enfin au bicycliste, offrant sur trois faces les pans coupés de ses murs et les cylindres de ses tours, tel — ou presque —

qu'il est figuré dans les *Très riches Heures* du Duc de Berry, satisfaisant l'esprit par ses proportions justes et le cœur par son grand élan ; ce n'était pas la montée sèche et arbitraire des gratte-ciel, mais une poussée vivante, la volonté de défense d'un être plein de sève qui, après s'être bien assis sur sa base pour mieux combattre, s'amincit le col et s'allonge au-dessus de l'horizon pour mieux voir venir.

## IV

« Monsieur,

« J'ai l'honneur de vous informer que...
« (*informer que !* soupira Gardefort)... les comp-
« tes consécutifs à votre divorce et relatifs à la
« liquidation de la communauté qui a existé
« entre vous et votre femme ont été arrêtés à
« ce jour.

« Ils s'établissent comme ci-après et révèlent
« un solde créditeur en faveur de Mme Eliane
« Chaînedecœur, vis-à-vis de laquelle vous êtes
« débiteur au total de cinquante mille deux
« cents francs.

« Veuillez me dire si vous approuvez ces
« chiffres ; en cas contraire, il y aurait lieu de
« s'opposer à l'homologation au tribunal. Je
« dois toutefois vous prévenir qu'au cas où vous
« n'accepteriez pas, il faudrait prévoir des frais
« supplémentaires à calculer sur le montant de
« la liquidation.

« Signé : Maître Hareng, notaire. »

Le commandant mit le papier dans sa poche :

— Sale bourrique ! dit-il. Elle rue et elle mord à l'homme maintenant ! Inutile de dire que je ne paierai pas !

Par acquit de conscience, cependant, ou peut-être poussé par une inquiétude qu'il ne s'avouait pas, Gardefort se rendit chez son notaire. Que de pauses il avait déjà faites devant cette pendule en bronze, que de liasses de paperasses, que de dossiers (« 8e Chambre... » « 4e section... » « pour Z... » « contre X... »), retour de chez l'avoué, il avait vu tirer de ce petit coffre-fort exaspérant à regarder, que d'attentes sur ces fauteuils de velours bordeaux !

— Si la liquidation d'un régime matrimonial dure trois mois et quarante jours, vous n'ignorez pas que les comptes s'en étendent parfois sur plusieurs années, surtout avec des clients... difficiles comme vous, mon cher commandant, qui restez des mois sans ouvrir une lettre, commença le notaire.

— Je dois représenter quatre-vingt-dix actions des phosphates d'El-Kzar et quarante-sept...

— Pardon... Dites que vous avez accepté d'en verser la contre-valeur à la date du divorce.

— Tout ça ne vaut pas 11.000 francs !

— Aujourd'hui, non ; mais malheureusement pour vous, au cours du jour, ça en valait 51.000... en 1930.

— En 1930, répéta machinalement Gardefort... Et il n'y a rien à faire ?

— Rien qu'à payer, tout de suite, pour éviter les frais.

Cinquante mille francs, c'est une fortune à Saumur, surtout pour Gardefort qui déjeunait de fromage de chèvre et dînait au Cercle Militaire, où il faisait provision de sucre pour son café du lendemain. Cinquante mille francs, cela pouvait se trouver en période de prospérité mais la crise avait tout nettoyé autour de lui. Cinquante mille francs aujourd'hui, pensait-il, cela représente bien cent mille francs il y a trois ans ! Atterré par cet abîme ouvert sous ses pas, Gardefort consulta avidement les journaux de Paris, mais aux « situations vacantes » personne n'offrait plus d'avances. Emprunter ? En dernière page du *Phare de la Loire*, dans la colonne des petites annonces, sous la rubrique « prêts », il trouva l'adresse de deux ou trois usuriers. L'un d'eux, M. Ménage, habitait Saumur et se spécialisait dans l'aide aux officiers gênés. Le commandant escalada des ruelles borgnes derrière l'Hôtel de Ville, des sentiers où des lauriers poussaient dans des bouteilles, où des enfants lui filaient dans les jambes, où l'on entendait battre tristement des vinaigrettes dans des bols épais, où des hommes rossaient leurs femmes à coups de savate. Le sol était plein de jus de chique, de coquilles d'œufs ; l'urine de chat mâle coulait aux murs. M. Ménage, un vieil Auvergnat rembourré de graisse, se moqua de lui, dès qu'il l'eut entendu ·

— Avez-vous des garanties ? Rien ? Pas même un titre de rente ? Pas une vieille auto ? Ancien officier ? Mais, mon cher monsieur, nous ne prêtons même plus aux officiers de l'active. Ils paient trop mal.

Gardefort se procura d'autres adresses. La crise semblait faire sortir de terre les harpagons. Il alla prendre la température d'un M. Chapuzot, dans l'île, non loin de chez lui. Une villa prétentieuse, peinte en fausses briques, comme les murs qui servent d'obstacles aux concours hippiques, servait de repaire à un vieux paysan rogneux, cassé par la sciatique, qui lui non plus n'y alla pas par quatre chemins. C'était du 40 %, non par an, mais par mois. Même au pays du père Grandet, cela épouvantait.

Gardefort ne dormit pas. Il errait la nuit et le jour, il s'alitait, repris par les fièvres. Dans ses insomnies, il faisait et défaisait son budget. De tout, il pouvait se passer, à peu près de tout, sauf :

| | | |
|---|---|---|
| Avoine ...................... | 100 | francs |
| Paille ...................... | 60 | » |
| Luzerne ...................... | 60 | » |
| Orge ...................... | 10 | » |
| Son ...................... | 20 | » |

| | | |
|---|---|---|
| Maréchalerie ................ | 50 | francs |
| Cercle Militaire ............ | 300 | » |
| Loyer ...................... | 300 | » |
| Palefrenier ................. | 400 | » |

Gardefort devint méchant. Aveuglé par la fureur, il écrivit au préfet pour stigmatiser l'usure et dénoncer « ces champignons vénéneux dans la forêt de la pauvreté ». Après tout, dit-il, les fesse-mathieux ont bien raison, puisque le gouvernement les protège. Prêt à mordre, il se rabattit enfin sur la banque Absalon frères, jeunes Saloniciens roux, sortes d'alezans gras des reins, crépus et empressés :

— Nous sommes là pour vous aider... Nulle part de meilleures conditions... Votre femme a-t-elle une dot ?

D'un tiroir sortit soudain l'outil de la profession, le barème des prêteurs « spécialisés dans l'officier ». A chaque grade correspondait une somme aussi précise, une supputation aussi implacablement arithmétique que les calculs des compagnies d'assurances.

— Commandant en retraite... Pension de Légion d'honneur et médaille militaire... Nous pouvons vous avancer 5.208 francs. Vous nous signerez simplement quinze effets à un mois de 619 francs. Vous voudrez bien prévoir pour la banque, à titre de commission, un seizième effet...

Cela représentait cette fois du 180 %, rien que pour le dixième de la somme nécessaire.

Sa cravache à la main, le commandant se promenait dans les rues de Saumur nocturne et désert, avide de marquer la figure de ces raclures de kasbah, de ces shylocks dont pas un n'était capable de prêter à un taux raisonnable. La nuit il rêvait qu'il les assommait tous avec le manche de la chambrière, pour leur apprendre à traiter ainsi un homme de cheval.

— Vivement le Moyen Age ! criait-il au Cercle. Vivement le bonnet rouge aux usuriers !

Cependant la lettre du notaire restait sur sa table comme un pistolet chargé ; à la regarder, Gardefort peu à peu s'affolait ; il allait être pris à la gorge, vendu, jeté à la rue. Pour *Milady* il était sans inquiétude : il saurait bien la cacher... chez Léal par exemple ; mais lui ? Il fallait payer et tout de suite ! Il passa en revue ses maigres richesses. Que lui restait-il ? Quelques hardes, des bracelets d'Ouled-Naïl, une maigre pension que lui faisait, bien irrégulièrement, un vieux cousin, et, à l'agence saumuroise du Crédit Lyonnais, de ces obligations nominatives qui présentent toute la rigidité d'un immeuble sans en rapporter les bénéfices.

Jusque-là il n'avait pas voulu penser à sa bibliothèque : elle contenait pourtant quelques livres précieux, les seuls qu'il possédât, les grands traités d'équitation. Avec un effort pénible, il se décida, les sortit, les étala sur son lit ; il y avait là un beau Grisoni du XVI$^{e}$ siècle, manuel de la science des académies hippiques de Naples et des manèges italiens dont s'inspirèrent chez nous La Broue et Pluvinel ; de ce dernier, Gardefort possédait l'in-folio magnifique de *L'Instruction du Roy*, année 1625, orné d'un Louis XIII caracolant, de quarante-huit planches de chevaux et de six planches de mors ; c'était, avec celle de l'Ecole, la seule édition originale qui existât à Saumur et il en était très fier. Parmi les classiques du XVII<sup>e</sup> siècle, il avait le livre du duc de Newcastle, qui en son temps vint en France pour apprendre l'équitation pour l'enseigner aux Anglais ; du XVIII<sup>e</sup>, un La Guérinière, *L'Ecole de Cavalerie*, avec des portraits équestres par Parrocel, très bel exemplaire du Maréchal Suchet, duc d'Albuféra, marqué de son ex-libris. Avec respect, Gardefort tournait les pages : tout le savoir de la grande école de Versailles était là, dans cette bible du cheval... Venait ensuite la *Description du Manège Moderne*, du Baron Eisenberg, un in-folio hollandais de 1740, avec le ravissant frontispice de Picart. A travers le XIX<sup>e</sup>, d'Aure et Baucher se disputaient ; ceux-là, Gardefort les avait tellement travaillés qu'il pourrait, pensait-il, s'en défaire sans dommage, tant il savait leurs traités par cœur. Les *Principes* de Fillis, devenus si rares (et qu'on dit rédigés par Clemenceau), il les avait achetés pour un morceau de pain chez un revendeur et cela lui faisait mal au cœur de s'en séparer. Mais il le fallait. Que lui donnerait-on de toutes ces merveilles ?

On lui en donna sept mille francs.

Restaient les coupes d'argent, les objets d'art de concours, une affreuse ferraille. Il en tira quatre mille francs.

« Avoine... cent francs... Paille... soixante... » « Avoine... cent francs... Luzerne... soixante... », ces chiffres lui bourdonnaient dans la tête et il se sentait devenir fou, en pensant à *Milady*.

Restaient les amis. Mais le commandant avait toujours préféré se faire des ennemis.

C'est alors qu'il se résigna à une dernière démarche, celle devant laquelle il avait le plus longtemps reculé : aller trouver son vieux camarade, M. Béguier de La Digue, qui habitait à Montsoreau, à dix kilomètres de Saumur, et lui emprunter la somme.

## V

A Saumur, les drapeaux du 14 juillet restent en place jusqu'aux premiers jours d'août, car aussitôt après la fête nationale commencent les semaines du Cheval de Guerre, du Concours Hippique et du Carrousel de l'Ecole. Les ponts étaient pavoisés, les quais ornés de mâts. Au bord de la Loire, les petites plages se couvraient de baigneurs et le fleuve adouci, faute de pluies, faisait bon accueil aux canoétistes.

Le commandant Gardefort, qui, de sa vie, ne s'était baigné, regardait horrifié, du haut de sa bicyclette, ces peuplades inconnues, cette France nouvelle en maillot. Au confluent de la Loire et de la Vienne, il s'arrêta. C'était là que M. Béguier de La Digue, ancien instructeur en chef du Cadre noir, cassé aux gages pour son attitude aux Inventaires et resté veuf après un riche mariage, partageait son temps entre la pêche et l'équitation.

On voit des châteaux habités fastueusement par leurs propriétaires qui y font circuler la vie jusqu'aux extrémités ; d'autres, aussi beaux, abritent des familles appauvries et recroquevillées, et l'on dirait qu'ils se pétrifient autour de cette anémie. D'autres enfin, abandonnés à l'Etat, ne sont plus que la conque vide d'un mollusque desséché. M. Béguier de La Digue, lui, n'avait qu'une petite coquille, mais il la remplissait entièrement. C'était un coin d'abbaye restaurée, adossée aux coteaux et projetant au-dessus de l'eau une affreuse terrasse de ciment armé qui avait coûté une fortune.

Le commandant sonna à la porte basse, de style angevin, en anse de panier ; les coups de sonnette devaient être rares, à voir l'effroi des martinets qui avaient leur nid sous l'avancée du toit en ardoise. La servante l'introduisit dans un salon bas et assombri par des boiseries au parchemin ; là, dans un fauteuil à oreilles, près d'une cheminée à hotte et à manteau carré (une des nombreuses cheminées d'Anjou où Jeanne d'Arc s'est réchauffée), il trouva M. Béguier de La Digue, président des *Crottes-de-bique*. Les *Crottes-de-bique* sont un célèbre accident de terrain au champ de courses de Verrie, près Saumur, dominant le Marais, au pied duquel passent, depuis des générations, les plus fameux steeples et diverses épreuves d'aptitude hippique. Tous ceux qui ont sauté les haies et les troncs d'arbres de Verrie, franchi le contre-haut et les talus, volé par-dessus le double des barrières et le double de fossés sans succomber devant la triple barre ou la haie des Maréchaux, une fois que la vie les a blanchis et que la limite d'âge les a atteints, se font inscrire au cercle des *Crottes-de-bique*. Ils ont beau habiter Nice ou Versailles, il leur suffit de fermer les yeux pour bondir trente ou quarante ans en arrière et revoir les vallons de ce champ de courses unique au monde : cuvette de landes dont les bruyères sont, en juillet surtout, d'un violet intense, toute bossuée de mamelons plantés de pins, qui découpent sur le ciel leurs troncs suppliciés ; des obstacles d'une hauteur prodigieuse, dont la chaux blanche fait ressortir l'appareil terrifiant ; un nœud compliqué de parcours qui se coupent dans tous les sens, escaladent des montagnes, dévalent des abîmes, précipitent les cavaliers dans des mares que le reflet des sauteurs ne raye qu'un centième de seconde. Des fanions blancs ou jaunes égayent la prairie, les roseaux, les boqueteaux, dominés par la Maison du Garde, où maints vieux maniaques aimeraient finir leurs jours. Les burnous des spahis mettent un rouge chaud près du paddock et des écuries en racines de bruyère. On voit des ecclésiastiques dans la tribune du jury et des généraux goutteux se font porter au bull-finch. Verrie, c'est un gala de cercle, c'est une union de famille, — une famille qui ne se serait jamais aventurée plus loin que la Vendée, la Basse-Bretagne, le Perche et la Touraine.

M. Béguier de La Digue ressemblait à un de ces capitaines de carabiniers en habit bleu roi à revers écarlates qu'on voit aux murs de la salle d'honneur de l'Ecole. Des genoux comme des écrous, un siège à glissière pour fesses, un sac de sable pour tronc, il était demeuré aussi solide qu'au temps où il était porte-fanion du Général de Galliffet ; n'ayant jamais quitté Saumur où il cousinait avec tout le voisinage, il n'avait pas connu les stages, les mutations, les déménagements, tous les embêtements du métier. Il était resté le dieu local des tracés de rallye ; chacun lui accordait un sens incroyable du beau terrain, de l'obstacle rare, du guéret effrayant mais non infranchissable ; de bon matin, on le voyait partir avec son gilet jaune, sa cape de velours bleu et son sac à papiers pendu à la selle ; plein de roueries et de trucs, il connaissait le pays comme pas un et il emmêlait si bien les pistes qu'à l'heure du déjeuner il arrivait parfois seul au rendez-vous. Béguier n'était pas peu fier d'un fumet de sa composition (anis, huile de poisson et urine de renard) dont il enduisait la torche, aux drags, et qui affolait les chiens. De partout on lui écrivait pour lui arracher son secret. Au surplus, il était aimé de tous et célèbre jusqu'à Paris, depuis le jour où il avait présenté un bœuf sauteur au concours hippique. Bref, un grand Angevin !

— ... C'était l'année où St-Phalle (quel savant cavalier !) montait *Catin*, par *Naugthy-boy* et *Framboise...*, où Lefort avait tant de difficultés avec *Corbeau...*

— ... *Corbeau*, par *De Profundis* et *Bonheur du Jour ?* Un limousin noir, qui ruait et qui s'encapuchonnait comme un démon ?

— Non. Ça, c'est *Corbeau II*. Je parle du fils de *Prince Masqué* et d'*Innocente*.

— Parfaitement. Un vrai premier rôle. Une bouche très dure... Il en fallait du nerf pour garder la pointe de la botte dans le marchepied.

— Moins dure que la dent d'*Amadis*, par *Fagoté* et *Red Lady* (tenez, là, au mur), *Amadis* qui s'agenouilla sur moi et me mordit quand je fis une chute ; je l'ai revendu à Blacque-Belair pour acheter *Fruit Confit...*

— ... par *Joyeux Drille* et *Amarante ?* Je l'ai encore connu celui-là. Il avait vingt-deux ans quand je suis entré à l'Ecole. Aucun vétérinaire ne voulait lui donner le coup de grâce ; des générations entières lui avaient monté sur le dos. Comme il avait de la caisse ! Et quels extenseurs ! A père sauteur, fils sauteur.

Ainsi devisaient les deux amis. Cette amitié était profonde, mais jamais formulée car ils étaient rudes tous deux et leurs voix éraillées se prêtaient mal aux compliments. Ils ne se voyaient qu'assez rarement (dix kilomètres, c'est une distance !). Et rien n'est plus difficile que de se rencontrer quand on mène à peu près la même vie et qu'on tourne en rond l'un et l'autre, monotonément, sur deux pistes...

— Comment va *Milady* ?

— Mal.

Gardefort s'était si souvent répété, le cœur serré, qu'il n'aurait plus de quoi la nourrir, qu'il lui semblait que c'était chose faite.

Maintenant il ne lui restait plus qu'un mot à ajouter pour mendier : « Je vais être forcé de m'en séparer si... » Il ouvrit la bouche ; aucun son n'en sortit. Béguier de La Digue était là devant lui, vieilli dans le service des manèges, avec sa comique figure brûlée de soleil sous un crâne tout blanc qui commençait d'un coup comme une calotte au-dessus des sourcils épais, avec sa rosette énorme, son air roublard de vieux cheval de carrière, ses pattes de lièvre, ses guêtres et ses jambes en dedans, son complet anglais, ses cent mille francs de rente.

Le commandant fit un suprême effort. Non qu'il pensât que son interlocuteur le croyait riche ; Béguier savait bien que lorsque Gardefort achetait de vieux chevaux de concours sans espoir de les améliorer, simplement pour éviter qu'on les abatte et pour qu'ils puissent tranquillement finir leurs jours au pré, ce n'était pas par pose, pour jeter de l'argent par la fenêtre, mais simplement « parce qu'il ne pouvait pas voir ça » ; il savait bien que le commandant vivait mal et qu'il n'avait jamais payé ses « cinquante louis » d'entrée aux *Crottes-de-Bique.* Aucun malentendu possible entre eux ; rien ne s'opposait donc à ce que le pauvre exposât au riche son infortune et la disgrâce où il était tombé. Et cependant, Gardefort demeura muet ; il remit son aveu à plus tard, à dans dix minutes, à après le dîner. Un silence inusité tomba, se prolongea. Pour le rompre, M. Béguier proposa de descendre à la cave et d'y choisir les bouteilles.

C'était une de ces caves comme il s'en trouve partout au bord de la Loire angevine ; caves glacées, s'ouvrant plus haut que le toit, en pleine falaise, parmi les orties, comme une maison de troglodytes et descendant par une galerie aisément taillée en pente douce dans le calcaire tendre. Un puits à eau verte et à noir écho, où M. Béguier avait mis à rafraîchir un cantaloup dans un seau qu'il remonta par un treuil en bois, donnait le niveau du fleuve. Ils continuèrent et aboutirent à une salle où des nervures s'irradiaient autour d'un gros pilier central tout blanc, à chapiteau gothique.

— Il y a eu jadis sept mille moines à Montsoreau, dit M. Béguier. Vous en voyez les restes... Gargantua avait de qui tenir...

Les bouteilles de la coulée de Serrant, des coteaux de Layon, de Quart-de-Chaume, les grands pedigrees d'Anjou, vins de la table des Plantagenets, ou, moins glorieux, ceux du Thouet, ceux qui poussent en vue des flèches de la cathédrale d'Angers, le rosé des coteaux, se mêlaient dans l'ombre aux paniers d'échalote, aux guirlandes d'ail et aux tas de pommes de terre

— Celui-là, c'est du Brézé, ce Brézé qui nous donnait un appétit fou ; vous rappelez-vous, mon vieux Gardefort, le coup de l'étrier, au *Rond-Point des Courses ?* C'est le Brézé qui a fait la réputation du lieu. On buvait à cheval, en rentrant du service en campagne, tout debout, comme l'on pisse, ou plutôt, hélas, comme l'on pissait !

Le commandant éclata de rire nerveusement. Béguier de La Digue plongeait dans les casiers à bouteilles ; on voyait son derrière, comme soulevé par un gros obstacle, tendu dans un pantalon d'alpaga gris ; on voyait rougir son crâne au bord des cheveux décolorés par le soleil. Gardefort pensait aux avoués, à son notaire, à ses visites chez les usuriers, à *Milady ;* l'idée lui vint qu'il pourrait ouvrir le crâne de son hôte avec cette bêche ; elle lui sembla moins effrayante que la nécessité de dire : « Auriez-vous la possibilité »... ou : « Auriez-vous la gentillesse »... ou : « Il me faut absolument cinquante mille francs ».

Ils remontèrent des bouteilles de St-Lambert et de Thouarcé des années 30, déjà renommées, et s'attablèrent devant un brochet au beurre blanc. Le commandant, qui sentait que les mots lui restaient dans la gorge plus sûrement que des arêtes, s'efforça de plaisanter.

— Ce brochet-là, nous n'en serions pas venus à bout à nous deux, dit-il montrant un énorme poisson naturalisé dans une cage de verre, contre le mur.

— Il pèse seize livres, dit Béguier de La Digue avec orgueil. Je l'ai pêché dans un trou de la Vienne, le mois dernier.

Autour du brochet, sur les murs, pendaient des dessins hippiques de Crafty représentant des grands hommes de l'Ecole, des gravures par de Dreux, avec des amazones en robe à longs plis blancs, légères et suspendues en l'air, comme des Saintes-Vierges, au-dessus des barrières qu'elles sautent ; ou des écuyers du Second Empire à impériale cirée, si gracieux qu'ils ont toujours l'air de saluer, ainsi que leurs chevaux courbés comme une baleine de parapluie.

— Je bois à votre santé, fit Gardefort.

— Je bois aux grands principes enseignés par l'Ecole : *L'Allure* et *la Direction*... déclara M. Béguier. Vous rappelez-vous la *Messe des chevaux : « Ecuyers, eleison »* ?

— Si je m'en souviens ! On la chantait à la Saint-Georges, patron des cavaliers.

Après dîner, ils passèrent dans le « Saint des Saints ». M. Béguier de La Digue appelait ainsi un salon qu'il avait aménagé en musée du cheval. Au centre de la petite pièce steppait le squelette, admirablement caréné, aux os polis comme un ivoire, de *Madame Putiphar* (par *Querelleur* et *Babillarde*) qui avait gagné à M. Béguier de La Digue plus de prix qu'aucun cheval à Saumur n'en rapporta jamais. Les coupes de vermeil, les calices d'argent, les trophées, les bronzes d'art, les médailles, s'alignaient sous ses sabots. Dépouillée de son faisceau de muscles incomparables, cette bête de l'Apocalypse allongeait maintenant la ligne de ses vertèbres, sinueuse comme celle d'un hippocampe, élevait ses bielles motrices très haut sous le lustre, tendant une queue stérilisée qui retombait sur ses jarrets fantômes.

— Au fond elle avait une mauvaise construction qui ne s'est révélée que dans le squelette. Tout était dans les muscles : de l'acier anglais, fit M. Béguier de La Digue en secouant de sa pipe des cendres qui semblaient tomber d'une urne funéraire.

Sous verre étaient exposés les noms de tous les chevaux qu'il avait montés, noms tressés avec les crins de la queue. En gros caractères, au-dessus de la cheminée, s'étalait son propre monogramme tracé par un cheval savant à qui il avait appris à tenir un pinceau dans la bouche. Une panoplie présentait une collection de fers à cheval, sur une autre s'étageaient tous les étriers imaginables, jusqu'aux plus rares curiosités : les étriers à ressort, les étriers à lanterne, les étriers à grelots ou les étriers à braise.

Ce côté maniaque et pédagogique agaçait le commandant, ce soir plus encore qu'à l'habitude. Non qu'il enviât toutes ces richesses, mais la noblesse de l'équitation lui semblait se perdre dans ces divagations de collectionneur qui annonçaient même un certain crétinisme. Il tenta de mettre son hôte sur le terrain de l'hippologie, où il était imbattable. Que peuvent faire de mieux deux hommes de cheval que de parler gourme, gale, rogne, fourbures, loupe, entorses, claquages et éparvins secs ? Mais M. Béguier de La Digue ne faisait grâce à son ami d'aucune des pièces de ce musée qu'il connaissait par cœur.

Gardefort, nerveux, vidait verre sur verre et fumait cigarette sur cigarette.

— Cinquante cigarettes par jour, mon brave Gardefort, c'est du suicide, observa le vieillard.

Cette sollicitude agaça le commandant. Il étouffait, alla à la fenêtre, regarda longuement la Grande Ourse. Puis il reprit encore de la fine. Il n'y tenait plus. Il lui fallait l'argent tout de suite. Ne plus pouvoir acheter l'avoine de *Milady !* Plutôt tuer sa femme... Mais où trouverait-il les cinquante billets s'il ne les obtenait maintenant. « Allons, tête de fer ! se dit-il enfin. Tu vas sauter ! »

— Mon ami, j'ai un service à vous demander...

— Mais certainement, répondit son hôte, distrait. Laissez-moi auparavant vous montrer quelque chose. Ma collection d'éperons s'est enrichie d'une pièce nouvelle achetée chez Christie's sur catalogue. Avouez que même nos éperons de chevalerie ne sont rien à côté de cet ignoble instrument de torture mauresque ? Cette pointe de dix centimètres !

— Il faut bien faire saigner le cheval, répondit en rageant le commandant qui n'en pensait pas un mot.

M. Béguier de La Digue le regarda drôlement. Quelque chose d'humain crispa ses joues de cuir racorni.

— Vous blasphémez, Gardefort ! Vous dites ça et vous admirez Baucher ? Si Baucher est grand, c'est parce qu'il est bon.

Une flamme éclaira les vieilles prunelles troubles, une vraie colère que Gardefort sentit vivement et qui le soulagea.

— Si je ne fais pas saigner à l'éperon le cheval rétif, je le ferai saigner bien plus encore en l'envoyant à l'équarrisseur !

Le commandant insistait avec une obstination sadique pour voir grimacer de douleur cette tête d'égoïste :

— Moi, j'aime de bons éperons, au collet long comme un ergot !

M. Béguier de La Digue s'agitait, pris de tremblement.

— Faire saigner le cheval, vous, Gardefort ! Ce n'est pas possible... L'éperon, il faut en menacer, non s'en servir. Moi qui vous parle, j'ai monté *Voltigeur* à soixante-treize ans. Vous avez entendu parler de lui, bien entendu ? Ses défenses étaient célèbres. Tout le monde, à Saumur, se moquait de moi. J'arrive, je lui caresse la tête, comme j'ai vu faire jadis à mon cher maître, le général L'Hotte, et je le regarde, là, bien droit dans les yeux : « Voyons, mon petit *Voltigeur*, je suis vieux, bien vieux... tu seras gentil pour moi... » Rien : je voyais que *Voltigeur* ne me comprenait pas. Je recommence mes caresses. Tout d'un coup, je lis dans ses yeux qu'il m'entend. « Il a compris, dis-je à haute voix ; il va me céder. » Nous sommes partis au galop, *Voltigeur* a marché comme j'ai voulu, sans que je le touche, et il s'est arrêté exactement sur la ligne que j'avais tracée à l'entrée de l'écurie... et sans me déposer dans la mangeoire !

A ce souvenir, M. Béguier de La Digue se mit à pleurer. Une larme coula en travers de son nez cassé par une ruade.

— Vous direz tout ce que vous voudrez, il ne faut jamais faire saigner un cheval, fit-il désemparé.

Gardefort le contempla avec mépris. La nuit, le silence, la lune sur la Loire, l'amour de l'homme pour la bête, tout cela qui aurait dû l'attendrir le rendait fou. La méchanceté montait en lui devant ce vieillard douillettement enfoncé dans son bien-être et qui, par sénilité et sensiblerie, se brisait sur son fauteuil comme sur un récif pour cette ridicule histoire de coup d'éperon.

Une phrase lui traversa le cerveau avec l'impétuosité d'un cri : « L'éperon est un rasoir entre les mains d'un singe. » Comme il aimait cette maxime qu'il citait souvent ! Et c'était lui qui... La honte l'envahit. Ses cinquante mille francs, sa femme, sa gueuserie, la misère du monde, tout fut oublié. Il se leva, reprit la maîtrise de soi-même... Il cessa de mépriser M. Béguier de La Digue, vieil étalon dessanglé, et même, prenant congé, il lui tendit la main fraternellement.

## VI

Le commandant compta : c'était la vingt-quatrième fois qu'il assistait à la reprise de nuit du grand Manège des Ecuyers, à Saumur ; cette vieille salle d'étude où il avait tant peiné, tant sué, ces hautes fenêtres latérales où il avait si souvent vu poindre le jour, ce garde-bottes qu'il avait heurté pendant des années, ces deux piliers entre lesquels il avait, chambrière d'une main et cravache de l'autre, fait sauter des milliers d'élèves, les arrachant de leur selle et les envoyant rouler dans la poussière, ces flèches au mur pour commencer ou finir les voltes et les changements de main dont il avait suivi aveuglément la direction, tout cela lui rendait chère la contemplation de ce lieu sacré : d'habitude le spectacle l'enthousiasmait tellement qu'il ne pouvait penser à rien d'autre ; il espéra y puiser pour quelques moments l'oubli de ses malheurs.

Après le dîner qu'il offrait aux anciens, venus pour la circonstance de tous les coins du pays, le Cadre noir se mettait en selle. Les écuyers avaient bu sec en blaguant avec de grands rires la représentation qu'ils allaient donner, et maintenant tous, du commandant au plus jeune sous-maître, se concentraient pour l'épreuve où il fallait se montrer les égaux des aînés.

La sévérité de notre race, l'austérité profonde de notre plus riante province, ce goût de l'abstrait qu'on retrouve jusque dans nos jeux, sautèrent aux yeux tout d'un coup lorsque le quadrille fit son entrée au Manège des Ecuyers.

Impossible d'imaginer théâtre moins théâtral, scène moins animée que ce décor neutre, aux lignes sèches, au faîtage gris, aux murs de chaux percés de fenêtres symétriques, au garde-bottes funèbre, au brun tapis de sciure amortissant les lumières. Rien n'y distrait l'esprit, rien n'y divertit l'œil : noir est l'habit des cavaliers et ils semblent, en cet uniforme, porter le deuil de la facilité.

Quatre tribunes se faisaient face, remplies d'hommes graves en frac ou en uniforme, de femmes silencieuses, habituées à respecter ce sanctuaire d'ombre et de vide. Les fleurs, les sorbets, la musique, tout ce qui eût survi à des peuples sentimentaux, tout ce qu'eussent utilisé des nations vaniteuses, ou voluptueuses, ou tendres, pour embellir pareille soirée, l'Ecole l'avait proscrit comme autant de niaiseries propres à détourner du but. Le but, c'était d'arriver sans intermède à la poésie vraie, au spectacle d'une lutte millénaire, à la bataille entre la force raisonnable et la force brute, à la victoire de l'homme sur le cheval.

Il y a bien des façons de venir à bout d'un cheval : l'ancêtre préhistorique, après l'avoir pris au piège, le mangeait, s'assimilant ainsi ses vertus ; le sauvage le capture au lasso ; l'Anglais en corrige les vices par la sélection ; l'Argentin en brise les violences par des actions aussi étendues que la pampa ; mais la seule méthode honorable pour asservir un animal de sang c'est celle que les spectateurs voyaient se développer devant eux : la patiente et difficile mise à néant des résistances par des moyens de contrainte si compliqués mais si parfaits qu'ils paraissent naturels. Certes, pensait Gardefort, il y a eu une grande équitation arabe, qui d'ailleurs ne se transmet qu'empiriquement ; mais la science de cette haute école française qui, dans le plus profond silence, déroule devant moi ses doublés et ses voltes, il faut la saluer comme l'aboutissement d'un travail occidental de deux mille ans, comme une leçon de cette suavité implacable qui se nomme le tact équestre, comme le couronnement d'un admirable effort d'architecture gréco-latine dont Xénophon, le premier, formula les principes.

L'architecture et l'équitation sont sœurs, continua Gardefort en développant une idée qui lui était chère ; même lutte contre la résistance des matériaux, même recherche de l'équilibre, même apothéose du « sur place » ; elles fleurissent aux mêmes époques : Palladio est contemporain des grands manèges napolitains de la Renaissance qui servirent de modèle à l'Europe, et Mansart suivra Pluvinel. A chaque maître, l'équitation paraît avoir atteint ses limites ; après l'académisme inouï de Versailles il semble qu'il n'y ait plus rien à trouver. Mais la Révolution arrive et brouille le jeu ; l'Empire ne connaît que la bride sur le cou et la charge ; la Restauration, adoptant les modes anglaises, s'abandonne dans les courses, les cross-country, les galopades à travers pays. Est-ce la fin de l'équitation ? Non, car la France se ressaisit, ramasse les pierres de Versailles et bâtit Saumur. D'Aure et Baucher apportent des vérités nouvelles et une fois encore l'édifice porte plus haut sa voûte...

Pendant une heure, le travail se poursuivit dans le clair-obscur. La peau blanche des culottes et des gants, le luisant des éperons, l'or des décorations et des épaulettes réveillaient seuls cette immense lice quadrangulaire. Dans le silence qu'aucun bravo ne venait couper tintaient les gourmettes métalliques ; parfois c'était le cliquetis d'un cheval détendu, contraint de mâcher son mors sous l'ardente et invisible pression des jambes du cavalier ; car autant la main demeurait légère, attentive aux moindres mots d'une conversation secrète entre supérieur et inférieur, autant ces jambes d'hommes assis droit se fixaient en un implacable étau ; par elles, le cheval semblait pris comme un fleuve impétueux entre ses quais de granit ; leur fixité était telle que l'animal apparaissait dompté, tordu, plié en arc ; il ne restait plus d'autre issue à ses forces qu'une active obéissance.

Les spectateurs redescendaient des tribunes, prêts à animer, à une heure aussi insolite et aussi tardive, les rues mortes de Saumur. Vieilles dames aux cheveux serrés dans un filet, généraux en retraite, châtelaines des environs, jeunes filles à marier, personnel de la sous-préfecture s'écoulaient lentement, entre des spahis au garde-à-vous, pareils à des statues africaines. Le Cadre noir, ayant déjà échangé le bicorne contre le képi de petite tenue, se mêlait au public. Les portes du Manège des Ecuyers restaient ouvertes, sur un fond de grande gare déserte.

— C'est admirable, disait une jeune dame au lieutenant-colonel de service, de voir ce qu'on peut arriver à faire avec des bêtes.

— Ici nous n'appelons pas les chevaux des bêtes, Madame, répondait l'officier avec politesse.

— Comme j'aime leurs jolies petites pattes fines...

— On dit plutôt des pieds.

— ... leurs gueules, toutes mousseuses d'écume...

— Les chevaux n'ont pas de gueule, Madame, ils ont une bouche. Ce ne sont pas des lions.

Le lieutenant-colonel de service ôta son monocle et haussa les épaules. « Tous les ans, pensait-il, il nous en arrive comme ça, pendant une semaine, par l'express de Paris. »

Le commandant Gardefort s'arrêta à l'entrée des écuries, face au Manège. Les portes en étaient ouvertes, elles aussi, pour laisser pénétrer la fraîcheur de la nuit. Il voyait s'élever, sous la rangée rectiligne des lampes électriques, la perspective des stalles qui se perdaient, cent mètres plus loin, dans la pénombre.

Gardefort avança, retenant son souffle, très ému, comme chaque fois qu'il entrait là. Il laissa sur sa gauche la salle des harnachements où les selles à l'ancienne, les selles à la française, les selles à piquer (que toutes les fesses célèbres avaient usées depuis un siècle), les gourmettes spéciales, les beaux mors à tête de méduse, les tapis de selle bordés d'or étonnaient les visiteurs civils à qui un instructeur les montrait avec orgueil. La paille, traditionnellement nattée et tressée, faisait aux bat-flancs deux larges galons d'or entre lesquels le commandant marchait sur la pointe des pieds, délicatement

Quelques chevaux reposaient déjà, mais la plupart étaient encore debout. Groupés par robe, ils cachaient ce soir leurs amitiés et leurs haines devant les visiteurs en habit de gala, dissimulaient toute cette vie cachée du sexe et du cœur qui se donnait cours, pendant la nuit, dans l'ombre. C'est à peine si les chaînes fixées au mur tintaient. Par-dessus leurs croupes très hautes, les pur-sang jetaient parfois un regard inquiet. Gardefort ouvrit ses narines à la bonne odeur chaude et familière de la paille habitée, envia les gardes-écurie qui dormaient profondément, sans entendre les visiteurs, la tête sur une botte de foin, les pieds sur la boîte à pansement, surveillés gravement par le chat, debout sur un sac d'avoine.

Le commandant arriva rapidement aux sauteurs, reconnaissables à leurs croupes énormes ; ces quadrupèdes-maîtres d'école avaient formé des générations de brillants avaleurs de haies et de barres. En passant devant les vieux rueurs professionnels, les baisseurs de tête, les plongeurs en avant, les vétérans de la cabrade sur commande, les ballotteurs, derniers représentants en France de cette très ancienne et très excellente équitation, il se frotta les reins machinalement au souvenir des chocs terribles qu'il avait reçus sur leur dos à l'exercice du sauteur entre les piliers. Gardefort connaissait les plus vieux, ceux qu'on gardait par humanité, par respect des services rendus, et il les nommait à haute voix.

Devant lui s'étendait une longue allée de chevaux bais, bais clairs, bais ordinaires, bais cerise, bais foncés ; se penchant pour mieux voir leurs membres, il admira les balzanes dont le poil blanc tranchait sur la couleur de la robe.

*Balzane un, cheval commun*
*Balzane deux, cheval de gueux*
*Balzane trois, cheval de rois*
*Balzane quatre, cheval à abattre...*

Non sans orgueil, Gardefort se dit que *Milady* était tachée de blanc à trois pieds.

Dehors, le commandant retrouva la nuit tiède, les trottoirs encore chauds, où des groupes s'attardaient.

Tout accoutumé qu'il fût à ces saturnales, il en sentait pour la première fois la tristesse. Le carrousel qui commençait peuplait déjà la ville de figures étrangères, de parlers inouïs et de modes bouleversantes. Carrousel : *carus soli*, le char de Phœbus lancé à toute volée dans le ciel, la fête de tout ce qui est solaire, la Loire, les blés, le vin dans les bouteilles, le sang dans les artères... A cet éclat insupportable, Gardefort eût préféré la nuit la plus sombre, mais la nuit provinciale elle-même était toute changée ; la ville perdait la tête dans ces derniers jours de juillet, et à onze heures du soir beaucoup de Saumurois étaient encore debout. Après les agapes de promotions, les jeunes officiers improvisent des surprises nocturnes et vont *virer* dans leur lit leurs camarades mariés, non sans dévaliser la cave. De Gennes, des Rosiers, de Brézé, où l'on dîne sous la tonnelle, les élèves entassés dans des voitures dont les ressorts touchent, dont les moteurs cognent, dont les pneus fléchissent, rentraient triomphalement en chantant au passage des trois ponts de la Loire et du Thouet.

Seule, *Milady* restait elle-même. Elle devait, à cette heure-ci, reposer comme à l'habitude, les naseaux abrités dans les genoux fléchis, heureuse d'être délivrée des mouches, dans cette écurie voisine de la villa où le commandant pouvait surveiller son hygiène. Parfois, lorsqu'il revenait du Cercle militaire où il dînait à sept heures, Gardefort s'arrêtait pour rapporter à sa jument quelque carotte ou quelque morceau de sucre. Elle bougeait les oreilles en voyant la tête carrée hérissée en brosse de son maître se découper soudain, énorme, sur le mur de chaux. Elle s'était déjà redressée, l'ayant senti venir bien avant qu'il mît la clé dans la serrure ; il levait à peine la main pour lui flatter la croupe que déjà son échine se ridait de petits frissons, sous le plaisir qu'elle anticipait. Alors, elle se tournait vers lui et le poussait affectueusement du front, comme une chèvre, l'acculait au bat-flanc, se frottant à lui, enfouissant par gaminerie sa tête sous le bras de l'homme, puis le tâtant avec les lèvres, jouant avec les boutons de son habit, descendant jusqu'aux bottines, en une sorte d'hommage servile qui embellissait soudain sa ligne sombre, en accusait le tracé, courbe à l'encolure, un instant soulevé au garrot, puis redescendant au rein et escaladant enfin la croupe haute, prolongée par la retombée harmonieuse des crins de la queue.

En ce soir de fête, le commandant se sentit trop triste pour rentrer se coucher sans l'avoir revue. Tous ces chevaux alignés, tous ces noms familiers inscrits sur les pancartes au-dessus des mangeoires, tous ces visages, tous ces souvenirs de manège, de classes, de promotions, de tableaux d'avancement, de permutations, lui rendaient insupportable l'idée d'ouvrir sa porte, de rentrer seul, en pauvre homme qu'il était, dans cette villa disgraciée et poussiéreuse qui ne serait même pas son dernier gîte, puisqu'il lui faudrait coucher sous les ponts dès que l'huissier aurait saisi sa pension...

Il fit un détour, avança vers l'écurie. Une automobile vide stationnait le long du trottoir, tous feux allumés. Qui pouvait-elle attendre dans cette ruelle sans issue au bout de laquelle, entre des magasins, coulait la Loire ? Elevant la main, Gardefort tâta à hauteur de la lucarne, certain de trouver entre les barreaux la clé que le palefrenier avait ordre de ne jamais emporter. Elle n'y était pas. Il pénétra dans la cour, buta sur les cailloux où coulait le purin. Entre les planches de la porte, il vit avec stupéfaction de la lumière. L'idée lui vint que la jument était malade, que le vétérinaire appelé en hâte était venu sonner chez lui sans le trouver : quelque diarrhée des premières chaleurs, pire encore, une pleurésie ?

Il entra vivement.

Un homme en habit et cravate blanche, debout, les pieds dans la paille, regardait *Milady*. Il n'avait pas entendu venir Gardefort. Il se baissa, examina les jarrets, se releva, caressa du regard les muscles de la croupe et croisa les bras, abîmé dans sa réflexion. Les oreilles dressées, *Milady* se laissait admirer, secouait sa chaîne, faisait des grâces pour l'étranger. La première, elle devina une autre présence et tourna la tête. Le visiteur nocturne, instinctivement, fit de même et aperçut Gardefort au haut de la galerie (car l'écurie était en contre-bas).

— Le commandant Gardefort ?

— Moi-même.

— Excusez-moi. Je vous ai cherché sans succès à la Reprise. Le lieutenant de Léal vous a cherché aussi, nous ne vous avons pas trouvé à la sortie... Je me présente donc : Max Grumbach.

— Qu'est-ce que vous faites dans mon écurie ?

L'étranger ne parut pas remarquer le ton grossier sur lequel étaient dits ces mots.

— Je suis venu voir un beau cheval, Monsieur, un cheval comme je les aime... Ne croyez pas que je sois un peu fou, je suis seulement impulsif... Je ne sais pas résister à mes envies... J'arrive ce matin à Saumur : on me dit que votre jument (*Milady*, n'est-ce pas ?) est le cheval le plus prêt...

— Qui ça : « on » ?

— Le lieutenant de Léal, un charmant écuyer, à qui le Général m'avait adressé...

— Léal n'est pas un écuyer ; à peine un cavalier.

— ... m'a tellement répété, toute la journée, que personne ne savait mettre comme vous un cheval en haute école, m'affirmant que *Milady* était la réussite de votre vie, que moi, je n'ai pas pu me retenir. Il a fallu que je vienne voir ce prodige !

— A cette heure-ci ! Vous êtes maboul...

M. Grumbach regarda sa montre, par politesse, en esprit abstrait pour qui l'heure n'existe pas. Il s'aperçut qu'elle marquait onze heures et demie, ce qui, d'ailleurs, lui parut une heure tout à fait normale pour visiter une écurie. Ce n'est qu'en faisant l'effort d'imagination nécessaire pour se placer en pleine province française, pour se situer par la pensée chez un homme sans doute habitué à se coucher aussitôt après dîner, qu'il comprit son incongruité.

— Veuillez m'excuser, mon Commandant. Je

ne prête jamais attention aux bienséances... Je suis très distrait... Un homme pressé et excitable. (Cela me vaut d'ailleurs beaucoup d'ennemis.) Mon métier, c'est de vivre enfermé dans une banque bruxelloise, à arbitrager des changes, entouré de secrétaires, avec des récepteurs de téléphone à chaque oreille. Le cheval est mon violon d'Ingres. Dès que je cesse de manipuler des fils électriques, je prends en main la bride et le filet. J'ai découvert le cheval à trente ans passés, il y a cinq ans. C'est idiot, mais c'est ainsi. Depuis lors je travaille, je fais les concours hippiques internationaux, et personne n'apprécie plus que moi un cheval bien dressé.

Le commandant ricana.

— On dresse un poulain, Monsieur, mais un cheval, on le met.

— Que parfaire un beau sujet est donc difficile !

Le commandant haussa les épaules :

— Tous les mêmes ! Vous faites préparer vos chevaux par des sous-maîtres et quand ils ont été bien débourrés, vous les empoignez et en avant les bravos... En avant Médrano ! L'équitation traditionnelle, Monsieur ? Avilie ! Pourquoi j'habite Saumur ? Parce que c'est la dernière ville où l'on galope assis, Monsieur, et non debout sur les étriers !

— Raison de plus pour admirer un cavalier d'école comme vous et pour lui demander une faveur. Mon commandant, vous allez, c'est le cas de le dire, m'envoyer coucher... Voici : je donnerais tout au monde pour voir *Milady* en action. Je sais que vous détestez la publicité, mais le lieutenant de Léal m'a promis de vous en toucher un mot...

— Je la monte tous les matins à sept heures, chez moi, dit sèchement Gardefort.

— Comme elle est belle ! Je regardais à l'instant cette jument superbe, j'admirais son étoile en tête, l'étoile des rois mages, promesse d'une haute destinée, ces trois balzanes haut chaussées. (Celle-là, surtout, qui monte aux jarrets.) Ah ! ces jarrets ! Ce sont eux que je lorgnais quand vous êtes entré. Cette jument a l'air de vous adorer. Voyez comme elle vous dévisage, avec quelle impatience elle se porte en ce moment d'un pied sur l'autre.

— Méfiez-vous. Elle est d'une grande méchanceté...

— Je n'en crois rien.

— ... et moi aussi !

— Peu m'importe. Je veux voir ces jarrets-là à l'œuvre, bien qu'il soit facile de deviner leur détente. Et quelle ligne du dessus, irréprochable !... La puissance des quartiers... le corsage bien tourné sur des membres secs... On m'a dit de vous des choses merveilleuses, mon commandant ; qu'il fallait vous voir allant du piaffer au passage puis au grand passage et redescendant ensuite toute la gamme, pour retourner tout doucement au piaffer, tout doux, en coulant.

Gardefort sourit enfin :

— Je vois que vous aussi, Monsieur, vous avez le microbe, dit-il.

Il cessa de se renfrogner ; il eut honte de son inhospitalité envers un étranger, un allié, décoré de la croix de guerre belge, envers cet homme en tenue de soirée qu'il laissait là debout dans la paille (mais pas le moindre tabouret à lui offrir), à minuit, dans une écurie. Il leva pour la première fois les yeux sur ce M. Grumbach, et s'étonna de le trouver jeune et assez sympathique, avec ses yeux bleus, ses manières directes et sportives, en proie à un intérêt passionné pour le cheval, et victime de cette ardeur pathétique qu'il devait mettre à tout ce qu'il entreprenait.

— Il n'a aucune idée des convenances, pensait le commandant, mais il est assez comique.

— Oui, j'ai le microbe, répondit en riant M. Grumbach, et comme je n'ai par ailleurs ni réserve ni discrétion, je vais vous demander quelque chose encore, avant de remonter en voiture. Je voudrais vous voir à cheval... non, pas demain... maintenant. Je voudrais prendre une première leçon ; je meurs d'envie de savoir comment vous vous placez. Etrivez-vous long ? Moi, je monte très court ; je sens que je ne dormirai pas avant d'avoir vu si vous avez la cuisse descendue...

« Après tout, se dit Gardefort, on ne peut pas demander à des gens qui visiblement travaillent du képi d'avoir du savoir-vivre. »

Et il s'exécuta, après avoir posé la selle sur le dos de la jument, sans la sangler à fond. *Milady*, qui avait tendu gentiment la tête, oreilles baissées pour recevoir le harnachement, étonnée, s'accula, prête aux résistances. Gardefort en fut mortifié.

— C'est idiot, Monsieur, ce que vous me faites faire ! fit le commandant. Nous sommes ici dans les plus mauvaises conditions.. Sortons au moins dans la rue.

Il sangla la jument à fond, laissa tomber la chaîne, lui passa la bride qui attendait, toute prête pour le lendemain, et l'amena hors de l'écurie.

Dans le cul-de-sac désert qui se terminait par un terrain vaguement herbeux, au bord du fleuve, dans le faisceau des phares de l'auto, le commandant découpa soudain une image phénoménale. Engourdi par la ténacité de son hôte nocturne et pactisant par lassitude avec son idée fixe, lui obéissant moins par vanité que par une sorte de fatalité aussi absurde que celle dont naissent les rêves, il manœuvrait *Milady* merveilleusement. Des ombres cocasses s'allongeaient sur le sol, se cassaient en deux, remontaient le long des maisons endormies, enjambaient le parapet blanchi par la lumière.

Entouré de moucherons d'été et de tous les moustiques du fleuve, M. Grumbach s'avança entre les phares, les mains tendues, enthousiasmé, tandis que sous le poids de son maître, *Milady* se mettait au pas cadencé.

— Baissez... baissez... pas de dos de chameau... tout beau, chantait Gardefort à sa jument, la berçant d'une curieuse mélopée, de sa voix enrouée par l'humidité, le tabac et les commandements, tandis que des chats arrêtés dans leur miaulement s'enfuyaient avec des yeux de phosphore.

— Quel bel art ! fit le banquier, dans l'enthousiasme.

— Une science où il y a beaucoup de prétentieux et très peu de savants, répondit l'ancien officier.

## VII

— Il vous en offre...

— Non.

— ... ce que vous voudrez !

— Non. A moins que tu ne touches là-dessus ?

— N'essayez pas de me mettre en colère, mon commandant. Vous n'y réussirez pas. Laissez-moi vous expliquer : le cheval que M. Grumbach devait présenter à Spa s'est démis l'épaule avant-hier dans l'express de Rome, retour du concours de Viareggio. A la fin de juillet, ce banquier n'a naturellement rien trouvé à acheter à Paris, alors il est venu à Saumur dans l'espoir de découvrir un cheval très bien mis, pour le ramener sur l'heure en Belgique. Il a même un van derrière sa *Minerva*.

Dans un coin du Cercle militaire, assis sur le bras d'un vieux fauteuil de cuir usé, Léal, tout en ponctuant ses propos de petits coups de cravache le long de sa botte, entreprenait Gardefort avec une chaleur juvénile.

— Ecoutez, mon bon maître, ne faites donc pas la tête. Je connais Bichara, le prêteur sur gages... On m'a dit que vous étiez venu le trouver, dernièrement. Votre notaire, M^e^ Hareng, n'est pas non plus la discrétion même. En province, tout se sait. Vous avez grand besoin d'argent. Or, le hasard veut que le général m'ait affecté pendant les fêtes du Carrousel au Service des étrangers, que je tombe sur un homme qui cherche la pièce rare, et que seul dans Saumur et probablement dans toute la France vous possédiez cela, un cheval tout prêt, merveilleusement mis...

— Si c'était un sauteur, je ne demanderais pas mieux. Et puis, pour ceux-là, il y a un cours, un marché... mais un cheval gratté deux ans en haute école, ça n'a pas de prix !

— Comme vous dites, ça n'a pas de prix, surtout quand c'est vous qui l'avez gratté. Ce travail-là vaut de l'or. Combien vous faut-il ?

Gardefort furieux marcha sur Léal et le prit par le premier bouton du dolman.

— Je ne retrouverais jamais ça. Cette jument-là, Léal, elle a une âme ! Je ne la vendrais pas pour cinquante billets ! Je me le reprocherais toute ma vie.

— Demandez-les à M. Grumbach. Je sais qu'il vous les donnera, surtout après vous avoir vu manœuvrer ce cheval merveilleusement confirmé, arrivé au nec plus ultra du dressage...

— *Milady* n'est pas à vendre, répéta Gardefort, sèchement.

Le commandant espérait encore s'en tirer ; il attendait beaucoup de l'héritage de ce cousin habitant l'Yonne, qui lui envoyait quelque argent lorsque la récolte était bonne, héritage qui n'était pas considérable, mais qu'il tenait pour si assuré qu'il avait compté, en renonçant à la petite pension que ce parent lui servait, pouvoir obtenir une avance d'hoirie. Il avait entamé des négociations, au lendemain de ses échecs répétés auprès des usuriers de Saumur et d'Angers, mais tout cela traînait en longueur ; à chaque lettre, son cousin se dérobait davantage.

La date de l'échéance approchait inexorablement ; affolé, Gardefort envoya à son cousin des télégrammes pressants qui demeurèrent sans réponse.

Enfin, un matin, la sommation tant redoutée arriva.

— Voyons, mon commandant, soyez raisonnable, répétait Léal. J'ai trente-six ans de moins que vous, mais, de nous deux, quel est l'enfant ? Ecoutez-moi : j'ai eu ce matin même avec M. Grumbach une conversation très précise. Il accepte cinquante mille comptant. Il repart ce soir. Réfléchissez. Une dernière fois, réfléchissez. Vous ne retrouverez *jamais* cela.

— Sortons, voulez-vous ? fit Gardefort. On étouffe ici.

Il jeta à terre sa trentième cigarette et tous deux longèrent les quais déserts et ensoleillés.

— Ecoutez, Léal, commença le commandant, j'ai toujours adoré les femmes, et elles ne m'ont jamais aimé. Toutes mes maîtresses m'ont trompé. J'ai eu beau leur appuyer le caveçon sur le nez, elles se sont défendues de moi. Celle que j'ai épousée était une garce. Plus elles m'ont fait souffrir, plus elles me désespéraient et plus je me suis donné aux chevaux. Enfin un jour où j'ai trouvé une jument qui avait les plus belles qualités d'un cheval et qui était en même temps une vraie femme, un jour j'ai rencontré *Milady*. Je l'ai formée, et ce n'est qu'après que je l'ai séduite. Pour la première fois, je suis aimé, aimé pour moi-même, sans traîtrise, justement aimé, parce que je suis le meilleur et le plus fort. Tu apprendras ceci, mon fils, plus on se donne à une femme et plus elle vous enfonce avec elle dans le vague, dans la paresse, dans l'inassouvissement, dans la dégoûtation. Avec *Milady*, ça a été tout le contraire : nos rapports sont devenus de plus en plus nets, de plus en plus propres : je suis arrivé par la dévotion et par la patience à un travail de plus en plus beau, et, je puis dire, d'une pureté parfaite. Je lui ai appris à marcher sur le droit... A ton âge, au quartier, on parle souvent des femmes comme des chevaux ; on a des façons véritablement hippiques d'envisager l'amour. Moi, c'est le contraire : j'aime *Milady*.

Je l'aime d'amour et elle est devenue mon épouse. Ce n'est pas une liaison, ce n'est pas un amusement, c'est ma raison de vivre. Je l'ai aimée d'abord parce qu'elle n'était pas sûre : aujourd'hui je l'adore parce qu'elle ne peut plus m'échapper. Et voilà qu'elle me serait ravie pour des raisons extérieures, qu'elle m'échapperait, cette fois, malgré elle ! Je réfléchis, j'essaie de me persuader que j'ai tort, mais c'est plus fort que moi : dès que j'imagine l'écurie vide...

— Vous en regratterez vite une autre, mon commandant, fit Léal. Avec toute votre science... Je dois passer chez *Budan* à six heures, ce soir, et donner à M. Grumbach votre réponse définitive. Il est excité en diable !

Gardefort détourna la tête, tendit la main au sous-lieutenant et passa le pont brusquement.

# VIII

Dans la cour vide, un cheval et un homme tournaient sans bruit, rasant les murs, et au pas, ce qui ajoutait au côté funèbre de cette promenade de prisonnier. Le cavalier raidi, contracté, se tenait droit, comme s'il se présentait devant Dieu. Sa monture, elle, baissait la tête, ayant complètement abdiqué, ayant remis sa volonté à une force supérieure. Le mouvement, d'abord large et d'un beau dessin, les actions au commencement soutenues, s'étaient détendus, et si la main restait moelleuse, l'habitude seule en était cause, car les jambes relâchaient leur étreinte. On eût dit qu'un même malheur les touchait, tant l'âme du cavalier semblait avoir passé dans le corps de l'animal.

Le commandant Gardefort montait *Milady* pour la dernière fois.

Il l'avait vendue.

Il avait vendu la compagne de sa vie.

*Milady* avait compris. Pour la première fois,

elle se laissait monter sans entrer en défense, sans garder pour elle aucune de ses forces. Elle s'abandonnait. Les attaques répétées des éperons, le jeu des deux freins, le dur et le doux, ne jouaient plus. Gardefort chercha le ramener de la tête, l'inflexion en arc de l'encolure. Il tordit les poignets, donna ce qu'il appelait des tours de clé, essaya des vibrations, des temps de main, mais les ressorts semblaient brisés tant la soumission était complète. *Milady* s'éteignait. Gardefort leva la tête : un carré de ciel bleu tirant au vert-Nil, des murs sans couleur, un tapis de poussière grise, rien où se distraire, rien sur quoi fixer son regard. La glace, cette longue glace des manèges et des cours de danse, lui renvoya une image qu'il cherchait à fuir. Il ferma les yeux ; c'était pire : il sentait vivre sous lui cet être qui le prolongeait, qui était lui-même, qui, chaque fois qu'il s'engageait en avant, le secouait, l'aidait à quitter le sol, comme un dieu, l'emportait dans sa lente ou rapide cadence, comme une femme enceinte emporte son enfant... Pour ne pas pleurer, pour ne pas tomber, le commandant se crispa, se souda à son cheval, saisit le temps de la jambe et pressa du talon : le jarret aussitôt accentua son effort. Gardefort revint, plein d'admiration, à cette belle image dorée, dans la glace.

Tant de fierté, tant d'harmonie, tant d'éclat même dans les mouvements d'arrière ! Le mot d'une grande couturière l'avait frappé : « Cette robe est ravissante, disait-on devant elle ; les épaules, le buste... » « Une robe est toujours ravissante par le haut, avait-elle répondu ; mais c'est dans le bas que ça se gâte. » Un cheval, lui aussi, a toujours de l'éclat par devant ; il est bien plus rare qu'il en ait par derrière. Cette jument seule, pensait Gardefort, sait parer de grâce la puissance des postérieurs.

Jamais *Milady* ne lui avait paru aussi belle. Il lui avait fait lui-même sa toilette, lavé à l'éponge fraîche les naseaux et les yeux, gratté les fourchettes, s'attardant à l'étriller, à la brosser, à lui passer la queue au bouchon. Tandis que, de son sabot, elle faisait jaillir sur le pavé des étincelles, protestant faiblement quand il lui touchait le ventre, il s'appliquait à faire reluire sa robe mordorée. Pendant ce temps, la jument s'emparait de l'éponge, la prenait dans sa bouche et la suçait, tête renversée, tandis que l'eau l'inondait. Que de fois il l'avait aspergée au jet, que de fois raclée au couteau de chaleur, après le travail ; jamais pourtant son poil n'avait brillé comme aujourd'hui.

— Je suis un salaud ; et un criminel, pensait Gardefort. On ne vend pas un cheval comme celui-là.

Le vent fraîchit, le soleil disparut. Ce soir même, *Milady* coucherait au loin, à Paris, et il ne la reverrait plus jamais. Il sauta à terre, caressa cette encolure soyeuse et haut greffée, sur laquelle il aimait tant, l'été, aplatir les taons gris qui se laissent tomber verticalement, ivres de sang ; il lissa cette crinière rase qu'il frottait toujours de sa cravache de bambou, de bas en haut, récompense suprême. Il polit la grande joue, descendit le long de la mâchoire jusqu'à la gourmette, qu'il décrocha. Puis il désangla.

Alors *Milady* hennit, toute contente d'avoir fini sa journée.

Sur le dos, la selle avait fait sa place ; le commandant l'essuya avec soin, et il jeta vite une couverture lorsqu'on sonna. Comme il allait ouvrir, il entendit un fracas de planches et de barres de fer. « Monte-t-on devant mes fenêtres des bois de justice ? » se demanda-t-il. A sa surprise, il trouva sa porte aveuglée par une énorme boîte : c'était un van, un van garni à l'intérieur d'un capiton noir, et qui prenait faiblement jour par des volets à lames. On avait rabattu la cloison arrière, qui descendait maintenant en pente douce jusqu'au seuil de la maison. Cette bouche béante, affamée, lui souffla à la figure une odeur d'essence et de paille chaude. Il recula devant cette prison roulante, lui qui n'avait jamais eu peur, et il sentit le cœur lui manquer...

Mais il avait donné sa parole.

Il se retourna vers *Milady*. Elle vint se frotter contre sa joue. Il flatta une dernière fois ces flancs, ce cœur qui avait battu si souvent entre ses jambes, il l'embrassa sur les naseaux et lui caressa les yeux.

*Milady* gravit le plan incliné garni de tapis-brosse et s'engagea avec hésitation dans le van. Si mince dans sa boîte carrée, si dorée sur ce fond matelassé de noir, elle ressemblait à un joyau dans un écrin. Il ne vit plus d'elle que la croupe, et la queue qui se balançait en sifflant. On remonta l'arrière du fourgon, on poussa les targettes, on cadenassa et le van disparut, titubant maladroitement sur ses gros pneus jumelés.

Alors Gardefort referma sa porte.

Dans la poussière de la cour, les fers de *Milady* avaient tracé des lunules profondes. Sur le porte-selle, la selle encore humide de sa sueur séchait, panneaux en l'air.

## IX

Sous les ordres du grand prêtre, de l'écuyer-chef, dernier descendant du Grand Ecuyer de France, les rites hippiques se déroulaient. On en était à la deuxième semaine. Depuis 1828, date où la duchesse de Berry l'inaugura, le carrousel continuait dans Saumur ses traditions. Comme depuis un siècle, les invités entraient par le pavillon Condé où s'interrompait par une porte la géométrie dure et régulière des grandes fenêtres noires. Entre des ifs taillés, des obusiers en rangs et des spahis au port d'armes, rouge sang parmi les verdures angevines, on pénétrait dans la carrière. Trois fronts d'immenses platanes ombrageaient la piste et la façade XVIIIe de l'Ecole.

Les chevaux tressés, frisottés, bichonnés, enjolivés de la crinière à la queue apparaissaient chaque jour dans le quadrilatère. Intimidés comme des communiantes, ils faisaient leur entrée, sur double rang, au son d'une musique démodée et charmante. Puis leur troupe se divisait, ils s'en allaient chacun de son côté au même rythme, par des appuyers admirables, où l'on ne voyait travailler que l'épaule du cheval et le bas de la cheville tordue, au fond de la botte vernie, des cavaliers ; ceux-ci, se découvrant, exécutaient alors avec leur bicorne un salut célèbre, dont l'envergure, très Grand Siècle, avait été décomposée en trois mouvements serrés au corps, de façon à ne pas effrayer les montures. Des plus fameux danseurs, ces écuyers avaient l'orgueilleuse simplicité, le buste droit, dominant les airs, quand les figures se dessinaient au-dessous d'eux et — eût-on dit — à leur insu ; tous les mouvements des croupes balayées par les queues s'amortissaient dans leur poignet et dans leur taille infiniment souples qui les absorbaient et n'en transmettaient rien au reste du corps. Seule, la graine d'épinards de leurs épaulettes de gala tremblait comme une gelée dorée.

Le Cadre noir venait saluer le tout-Saumur, celui des anciens, des fantômes, revenus (à quart de place) méditer sur le lieu de leurs exploits, le Saumur des autorités locales auxquelles s'étaient joints ce jour-là un cardinal, un ministre et des attachés militaires étrangers. Les conseillers généraux de Maine-et-Loire, au teint fleuri, parlaient avec chaleur de la fermentation des moûts ; si quelque électeur avouait des mélanges de récoltes et des tripatouillages vinicoles, ils se bouchaient les oreilles et nommaient pudiquement ce scandale des « assemblages ». Les conseillers municipaux à écharpe, pris entre leurs opinions et les intérêts du petit commerce, louchaient d'un côté sur les loges maçonniques et de l'autre sur les militaires pieux. Les membres de la Société d'Encouragement, de la Société du Demi-Sang, de la Société du Cheval de Guerre exhibaient de très vieilles jaquettes de fil-à-fil, des vestons d'alpaga noir avec pantalons à damiers du temps de la condamnation de Dreyfus et des chapeaux gris du temps d'Edouard VII ; unis par l'amour de l'art hippique, ils étaient déchirés par ces divisions profondes qui séparent les gens de cheval en d'irréconciliables doctrines.

Le préfet en argent et le général en or rendaient au Cadre noir son salut. Installé derrière eux, au haut de la tribune du commandement, autour des dames abritées sous les dernières ombrelles, Gardefort regardait. Pour lui, le seul vrai spectacle c'était toujours la reprise de nuit, au Manège. Le carrousel avec son soleil, sa gaîté, ses oriflammes, sa musique et son endimanchement, tenait beaucoup plus de la distribution de prix et de fantasia. Il regardait sans aménité ces jeunes générations d'officiers qui saluent le képi à la main, comme des civils. Pour faire passer cet arrière-goût d'amère solitude qui ne le quittait plus, il se répétait que Saumur n'est, après tout, qu'une petite ville provinciale de seize mille habitants et non le centre du monde. Et même, philosophant, il allait jusqu'à se demander si l'équitation peut être un motif suffisant de vivre, surtout en une période de motorisation et de bouleversements affreux ; et il se répondait non à si haute voix que ses voisins le regardaient avec gêne.

Mais lui, il était différent des autres ; depuis quatre ans, ce n'était pas pour l'équitation qu'il vivait, mais pour une jument.

La queue en catogan, le bridon tressé d'or comme sous Louis XV, le cheval au piaffer sur le sable fauve, Fabert, l'écuyer-chef, du haut de sa selle de velours amarante, faisait évoluer le quadrille et semblait, de toute sa hauteur, contempler les grandes vérités équestres au-dessus des époques et des doctrines. Il affectait la vieille position des manèges de Versailles, étrivant très long, la pointe du pied à peine engagée dans l'étrier, descendu dans sa selle ainsi qu'il le recommandait toujours, « comme une pomme cuite ». On le surnommait *Assis-assis.* Ce pontife maxime en était arrivé à se mouvoir avec une telle lenteur qu'il n'y aurait eu aucune chance, si on l'avait laissé seul en scène, pour que le Carrousel se terminât dans la semaine.

— Qu'est-ce qu'il fait ? demanda à côté de Gardefort un petit garçon né au siècle de la vitesse et incapable de reconnaître l'effort lorsqu'il se muait en force contrôlée.

— C'est du travail à l'ancienne, des hautes actions, répondit son père, qui s'y connaissait, comme toute la population de Saumur.

Sur des chevaux tremblants de force non encore employée et d'ardeur à servir, les quadrilles d'élèves-officiers, jeunes gens au dur visage, au menton ferme, défilèrent dans la lice avec la lance et les fanions, exécutant avec des souplesses infinies ces exercices d'adresse, jeu de la rose, concours de têtes et de bagues, qui sont le dernier et direct héritage des tournois. Gardefort avait fait cela aussi, dans son beau temps : à la même sonnerie, comme eux il avait plongé, sabre et corps en avant, main gauche haute et fixe, dans la poussière.

— Hein ! C'est beau, la jeunesse ! clama M. Béguier de La Digue qui venait d'apercevoir son ami et qui s'approcha de sa chaise du mieux qu'il put. Saumur fabrique vraiment une race d'hommes-chevaux : non pas ce qu'on est convenu d'appeler des centaures, ridicules silènes ventrus, barbus, croisement pédagogique du paterfamilias et du percheron, mais des êtres fiers, très près du sang. Moi j'aime tant la fierté et c'est devenu si rare en France ! Chez nous, quand on veut perdre un homme dans l'esprit de ses concitoyens, on dit qu'il est *fier*.

Gardefort lui fit un signe las qui semblait dire :

— A quoi cela sert-il la fierté ? Ces jeunes

gens deviendront des vieux idiots comme nous, des pauvres types comme moi, dont la Mort elle-même ne veut pas.

— Du courage, fit affectueusement le vieillard. Vous nous regratterez vite une autre *Milady !*... Moi aussi, mon bon, j'avais un cheval que j'adorais, un alezan brûlé, beau comme le cheval du Prophète. J'ai dû m'en séparer lorsque mon régiment fut remonté en robes grises... Consolez-vous et regardez le spectacle : Saumur, c'est la Comédie-Française des chevaux !

Le reste se déroula traditionnellement. Orangeade, café glacé chez le général. Tohu-bohu des autos, bagnoles et chars à bancs rentrant à Bressuire ou à Mamers après les fêtes. Feu d'artifice, voitures à impériale emmenant vers l'express de Paris les élèves-officiers de réserve libérés.

Ensuite, Saumur resta vide d'hommes, en face de la Loire, vide d'eau.

## X

Gardefort errait par les rues, d'un pas lourd, comme s'il traînait aux pieds des bottes de vénerie engluées de boue. Empêtré dans un désespoir nouveau, il restait tout seul en face de sa selle qui n'était jamais plus redescendue du porte-selle depuis le jour où le van avait emporté *Milady* ; il contemplait sans parler cette vieille selle brune aux panneaux bien aplatis, rembourrés, puis réaplatis par des kilomètres de galop, au siège poli par des heures de poivre pilé. La cravache à bague d'or restait suspendue au mur par deux clous à crochet. Le commandant, depuis deux mois, s'était refusé à monter un autre cheval (bien que la saison des vacances, où l'Ecole est à court de monde, fût d'habitude pour lui l'occasion d'en monter six ou sept dans la journée). Il lui suffisait de penser à *Milady*, à la façon mutine et charmante dont elle mâchonnait son doigt lorsqu'il essayait de lui introduire le mors dans la bouche ou à la frénésie avec laquelle elle humait l'air au coin de la rue, à la délicatesse avec laquelle elle triait elle-même les graines dans sa mangeoire, à ses coups de sonnette quotidiens, pour qu'il lui fût impossible de sangler une autre monture.

— Où est-elle ? Elle pense certainement à moi, avec sa mémoire de cheval... Mais la reconnaîtrais-je au travail ? Qu'en a-t-on fait ? Peut-être même a-t-elle changé de nom ?

Léal avait repris son service. Béguier de La Digue était à Vittel. Gardefort n'avait personne à qui parler, pas même un camarade de promotion à qui ouvrir son cœur, à la fin du déjeuner, lorsque la bouteille devient légère et commence à flotter dans le seau à glace. Les avoués eux-mêmes, apaisés, ne donnaient plus signe de vie.

Souvent Gardefort voyait en songe son cheval. Au moment de le pousser dans le van, pour l'empêcher de prendre peur, les palefreniers lui avaient jeté une couverture sombre sur la tête ; Gardefort rêvait de *Milady* allant au supplice sous le voile noir des parricides. D'autres fois, elle le trompait. Il la surprenait en tête à tête avec ce Grumbach, lui faisant des confidences :

— J'étais sournoise et disgracieuse, disait-elle ; vous, mon nouveau maître, m'avez assouplie et cadencée. Vous m'avez décapée, fait oublier ce que le commandant m'avait appris, vous m'avez sauvée de ses mains inhabiles.

Tout en sueur, Gardefort se réveillait, tenant un drap dans chaque main, comme une rêne.

Parfois aussi, il rêve que *Milady* a une figure de femme, qu'il essaye de la vaincre, de la violer, et ils roulent ensemble dans la sciure du manège. Elle a de la sciure plein sa bouche rouge, car elle se met du rouge pour parer ses lèvres grises...

Gardefort ouvre les yeux, se croit en Afrique.

— Boy ! Macaque ! appelle-t-il dans l'obscurité. Cours vite ! le cheval n'est plus au piquet de la tente !

Mais personne ne répond : *salam*...

L'eau tiède du bidon, Gardefort la cherche, en blédard halluciné, sur sa table de nuit. Près de lui, il s'attend à toucher la peau d'une femme arabe, couleur de datte. Il se frotte les yeux, il reprend ses sens et, peu à peu, son esprit rentre à Saumur ; cet *oued*, ce n'est que la Loire.

## XI

L'automne angevin trouva Gardefort aussi sombre, aussi maussade et, disaient les gens, aussi déséquilibré que jamais. Il avait tour à tour repris des travaux abandonnés, tracé les plans d'une maison, commencé une satire en vers contre les femmes — car malgré sa méfiance profonde, elles n'avaient cessé de l'attirer — vivant dans l'utopie, dans une rêvasserie de fakir, dans tout ce qui l'empêchait de se voir lucidement, comme il était, comme un pauvre homme vide de forces perdues, d'occasions manquées, une sorte d'interdit de séjour dans la vie, rôdant aux frontières de la vieillesse sans avoir jamais trouvé un emploi utile ou même une raison d'exister, en dehors de l'amour des chevaux. Il s'efforçait de se persuader que les chevaux n'ont pas de sentiments, qu'ils n'ont que des habitudes ; qu'ils s'attachent à n'importe quelle écurie s'ils y retrouvent leurs aises, mais au fond il ne le croyait pas.

Au début d'octobre, il reçut une lettre timbrée de Bruxelles et signée : Max Grumbach.

« Mon cher Commandant, disait-elle, vous aurez plaisir à apprendre que la jument que je vous ai achetée à Saumur au commencement de l'été dernier se porte aussi bien que possible. Elle ne m'a pas donné, tout d'abord, ce que j'en attendais. Rétive et assez disgracieuse avec moi (sans doute après avoir été montée et préférée par un maître, se trouvait-elle désorientée entre mes mains habituées à beaucoup de chevaux différents ?), elle montra d'abord beaucoup d'exigences et d'obstination. Elle saluait de mauvaise grâce, lâchait peu volontiers le frein, se refusait notamment aux ronds de jambe en avançant et à diverses figures pittoresques que j'affectionne. Mais aujourd'hui, elle est en pleine forme et je dois dire que, si je voulais maintenant me faire remarquer, aucun cheval ne m'en fournirait mieux l'occasion. En attendant que je l'exhibe à la réunion de rentrée de l'*Etrier* belge, puis à l'*International Horse Show*, j'aimerais beaucoup vous montrer *Milady* et vous faire les honneurs de la *Renardière*, mon domaine des Ardennes. »

Cette lettre irrita profondément le commandant. Ce M. Grumbach se moquait de lui, de lui et de la jument ! A chaque page, ce sagouin éclatait de vanité : « Si je voulais me faire remarquer !... » osait-il écrire, ignorant que la première qualité d'un écuyer est de ne jamais attirer l'attention sur soi, de se faire oublier, tout en montrant avec modestie que seul le cheval a des dons. « Beaucoup d'exigences et d'obstination... », elle, sa *Milady*, déesse harmonieuse, fée de la cadence, reine par l'éclat des attitudes et des mouvements !

Il allait et venait dans sa chambre, parlait à haute voix ; à sa prostration succéda une agitation désordonnée qu'exaspérait le calme mortel de ce quartier de Saumur. Il écrivit des lettres qu'il déchira, revêtit son costume de cheval, fit venir de la forêt de la bruyère et des margotins, pour construire dans sa cour des obstacles devant lesquels il restait des heures en contemplation hébétée.

Il rentrait. Des rages le prenaient ; il saisissait sa cravache et fouettait son édredon jusqu'à la plume. Devant sa glace, il s'asseyait à califourchon sur une chaise, comme sur une selle, engageant son derrière en avant et serrant ses fesses sous lui ; au dossier il avait attaché par de petits anneaux une ficelle rouge et une autre bleue, qui figuraient les rênes ; les prenant entre ses doigts, il chevauchait ce siège des heures entières, l'œil égaré, la main absente, avec une fixité maniaque, serrant les genoux jusqu'à ce que ces morceaux de bois fussent devenus *Milady* elle-même, jusqu'à ce qu'il en eût obtenu une soumission d'autant plus complète que la chaise n'avait eu que peu d'occasions de se défendre.

D'un regard morne, il fixait ses éperons d'or, accrochés au mur...

Cela dura ainsi jusqu'au jour où M. Grumbach reçut de Saumur un télégramme lui annonçant l'arrivée du commandant Gardefort.

## XII

M. Grumbach descendit de cheval.

— *Milady* n'a rien perdu de ses qualités, comme vous voyez...

— Elle en a même acquis beaucoup d'autres, répondit ironiquement Gardefort.

— La trouvez-vous changée ?

— Méconnaissable, grinça le commandant.

— Je ne vous ai pas tout montré ; elle fait maintenant la pirouette renversée sur trois jambes, très brillante ; je suis même en train d'obtenir d'elle un piaffer dépité, en se campant, ce qu'on n'avait pas vu en public depuis longtemps. Il me semble que le tout est d'avoir la main légère...

— Oh ! vous savez, *Milady* avait même l'habitude d'opérer sans la main, tant je l'avais mise ; elle exécutait tout cela avec moi, rênes nouées sur l'encolure, observa sèchement le commandant.

— Voulez-vous la monter ? demanda M.

Grumbach avec une gentillesse si simple et si spontanée que Gardefort devint blême.

— Pour rien au monde. Un cheval n'appartient pas à deux hommes.

La commisération, la rage se peignaient sur ses traits. Il avait été dépouillé, trompé ! Et il n'avait même pas le droit de se plaindre, puisqu'il avait touché un bon prix, puisqu'il avait salement accepté de l'argent, vendu son seul amour. Et il avait fait six cents kilomètres pour venir voir ça ! Le ciel le punissait. Cette rosse méconnaissable, c'était *Milady !* S'il n'avait pas retrouvé son squelette sous le corps déformé, la couleur de sa robe, ses balzanes montant aux canons, le profil de son front, il ne l'aurait pas reconnue... Quand on lui avait volé sa femme, on ne la lui avait pas changée, c'était bien la même femme qui avait servi à un autre, ou à plusieurs autres ; pour la détester il avait su comment s'y prendre, sur quoi s'appuyer ; si la jalousie humaine est une flamme, elle ne manque point d'aliment et ce qu'elle consume ne périt pas ; mais ici, Gardefort se trouvait devant le vide. *Milady*, il l'avait vendue, Grumbach la traitait de son mieux ; tout là-dedans était honnête. Si, en moins de trois mois, le banquier en avait fait cette haridelle à la bouche dure, aux jarrets indécis, aux mouvements saccadés, bref, s'il montait comme un cochon, ce n'était la faute de personne. Il n'y avait qu'un responsable là-dedans : lui, Gardefort. Mais aucun homme ne peut entrer, ou du moins rester en fureur contre lui-même ; ou bien il s'inflige un châtiment immédiat et suprême, ou bien, par instinct de conservation, il se retourne contre autrui.

La pelouse touffue, d'un épais ray-grass anglais, au centre de laquelle se trouvait une carrière de beau sable de grès où les pur-sang de M. Grumbach venaient le matin se rouler et qui lui servait ensuite de manège, se terminait par de hautes barrières blanches surplombant une pièce d'eau. Des prés de luzerne et des champs de sarrasin prolongeaient cette propriété d'élevage, encadrée de noirs sapins ardennais, jusqu'à l'horizon où la vallée se resserrait, tandis qu'un aqueduc unissait les deux coteaux opposés.

— Et maintenant, faites-moi vos critiques, mon commandant. Votre savoir est sans limites. Dites-moi toute la vérité ! s'exclama avec bonne humeur M. Grumbach, en tendant à l'ancien officier un verre de genièvre.

— Rien à dire. Rien à signaler. C'est parfaitement parfait, ricana Gardefort.

— Blâmez-vous les petites fioritures que je me suis amusé à enseigner à votre *Milady ?* Les ronds de jambe en avançant, le salut...

— Peut-être même lui faites-vous mettre un genou en terre ? après un moment de lutte apparente, naturellement !

— Je n'y avais pas songé.

— Je vous recommande aussi un exercice très impressionnant. A l'*International Horse Show*, cela aura beaucoup de succès : éteindre des bougies avec la cravache, en passant au galop.

— Ce n'est pas de la haute école, ça : c'est du cirque ! Vous vous moquez de moi.

Alors, terrible, Gardefort éclata :

— Du cirque ! Croyez-vous que tout ce que vous m'avez montré depuis une heure soit autre chose ? Du dressage de caniche ! Halte-là ! Arrêt sur les jarrets, monsieur Grumbach ! Je vous ai vendu un cheval joyeux, brillant, ramassant sa puissance sous le toucher des jambes, que dis-je, au simple souffle de la botte, prêt à se donner dès que les mains le permettent ; quand il m'appartenait, la douceur de sa bouche était telle qu'on ne la sentait pas, qu'en le conduisant on trempait ses doigts, pour ainsi dire, dans des œufs à la neige. Et vous, cria-t-il tremblant de colère, vous me montrez quoi, quoi, quoi ? Qu'avez-vous fait de ma belle jument ?

— Je vous...

— Vous m'exhibez une pauvre créature bouffie, pansue, malade...

— Comment malade ? Quatorze litres d'avoine par jour !

— Suralimentée, c'est la même chose. Moralement anxieuse, atteinte dans son perçant, pervertie dans ses allures, brisée dans son mouvement en avant ! Un canasson de saltimbanque !

Il ne vous manque qu'un habit bleu à passepoil cramoisi, monsieur Grumbach... Et cette bouche ! Brisée, monsieur, brisée par les saccades et les coups de sonnette (ça, c'est le résultat de vos « travaux », sans doute, de vos efforts pour obtenir quelque changement de pied au temps !).

— Elle les exécute à merveille.

— Elle les exécute dans la terreur, monsieur, car elle vous exècre...

— Je suis parfaitement doux avec elle.

— Elle exècre plus encore votre perplexité, car cette douceur n'est que de l'irrésolution, pour ne pas dire de la peur. Un cheval, ça se noue et ça se dénoue, comme un nœud ; détendu, soit, mais flasque, jamais ! Laissez-vous faire, monsieur ! N'intervenez donc pas et, à votre insu, *Milady* vous apprendra peut-être à monter à cheval !

Grumbach, très calme, à peine un peu gouailleur, se campa avec beaucoup de naturel devant Gardefort, les mains dans les poches, un gros cigare belge entre les dents.

— Mais enfin, mon cher commandant, qu'est-ce que c'est, selon vous, que monter à cheval ?

— C'est promener un certain nombre de kilos de bidoche humaine et chevaline d'avant en arrière, ou inversement Voilà tout. Un cheval, c'est une balance.

— Bref, que peut-on faire, selon vous, de plus difficile ?

— De plus difficile, monsieur ? fit Gardefort en se redressant de toute sa taille, de toute sa fureur rentrée. Je vais vous le montrer, moi ! Qu'est-ce qu'il y a là-bas à l'horizon ? Un pont de chemin de fer ?

— Non. C'est un aqueduc. Les eaux de la Rouille y descendent vers un grand conduit central qui alimente Namur. Trente-six mètres de haut au-dessus de la vallée sur soixante mètres. Mon père, concessionnaire des eaux de la ville, l'a fait construire.

— Il y a sûrement quelque passage de chaque côté de votre machine, une plate-forme d'au moins un mètre de large, quelque parapet qui soutient la conduite d'eau ?

— Oui. Une rigole entre deux sentiers de pierre. Enfant, j'ai voulu y monter, mais j'ai eu le vertige. On entendait l'écho de la vallée sous les arches sonores et la rivière très bas, dans le vide... Et le silence, en plein ciel, dans la cime des arbres avec les oiseaux... Mais je ne vois pas quel rapport cela peut avoir avec l'équitation ?

— Un cheval travaillé sur le cercle (à moins, naturellement, d'être monté par un fantassin ou par un marin) on peut toujours en faire quelque chose. Ce qui est beau, monsieur, c'est de lui faire faire l'*impossible*, c'est de le tenir à sa merci, entre la fuite et la révolte, c'est de l'avoir tout entier, de rester en scène malgré ses défenses et de l'obliger alors à quelque chose *d'extraordi-*

*naire*. Je ne connais que *Milady* qui soit capable de ça... Mais il faut que je la reprenne en main.

— Soit. Restez autant qu'il vous faudra.

— Oh ! ce ne sera pas long. Laissez-nous causer, en tête à tête. A ma voix, elle saura bien vite ce que j'attends d'elle...

— Et qu'allez-vous faire d'extraordinaire ? demanda M. Grumbach, que les sarcasmes cassants et les propos désobligeants du commandant n'avaient pas ému, mais qui soudain paraissait inquiet de la mine hagarde, de l'accent rauque, de la torpeur égarée avec laquelle Gardefort avait prononcé ces derniers mots.

— Ce que j'entends faire, monsieur l'écuyer amateur ? reprit-il très exalté : *Mar-cher droit !* Je vais vous montrer, moi, comment on marche droit, monsieur Grumbach !

## XIII

— Fracture du bassin et fracture du crâne, déclara le médecin. Je ne crois pas qu'il en réchappe.

— Une chute de trente mètres ! fit Grumbach.

— Comment n'a-t-il pas été tué net ? demanda le chef de la gendarmerie.

— Sa jument a amorti le choc : elle est d'ailleurs morte sur le coup.

— Mais aussi, quelle folie !

— Il l'avait très bien passé, son aqueduc, dit Grumbach. Il l'avait traversé au pas, posément, assis dans sa selle. Son cheval n'avait pas eu un instant d'hésitation en s'engageant sur le parapet ; il était là-dessus comme sur une route ; ils marchaient tous deux, vrais somnambules, sans voir le vide sous leurs pas, les yeux fixés sur la ligne droite... Le commandant parlait par moments à sa *Milady*, il lui frottait la crinière à rebrousse-poil avec sa cravache et elle approuvait de la tête, toute contente. Elle pliait son encolure. Je vois encore sa silhouette, se découpant tout en haut sur le ciel bleu. Statue équestre qui semblait avoir soudain quitté son socle.

— Un pari, sans doute ?

— Même pas. Une idée de fou... Il touchait au but. Il n'avait plus qu'à laisser aller les rênes sur le cou et sa monture l'aurait déposé tout doucement dans la forêt. Au lieu de ça, il s'est arrêté.

— La jument a probablement pris peur ? dit le médecin. Une pierre descellée, une crevasse ?

— L'aqueduc a été réparé ce printemps ; il est intact. Non. Mais j'ai nettement eu l'impression qu'il a jeté sa jument dans le vide. Il l'a forcée à appuyer sur la droite ; elle résistait.

— Comment le savez-vous ?

— Jusque-là, son encolure était arrondie. Brusquement, je l'ai vue tendre le cou.

— Alors ?

— Alors, il a serré les genoux. Il a donné des jambes à fond. Voyez ses éperons, ils sont rouges.

La porte du salon s'ouvrit et une infirmière entra :

— Le blessé revient à lui, dit-elle.

Le médecin hocha la tête :

— Pas pour longtemps.

— Il a demandé à voir sa jument. Que faut-il dire ?

— J'y vais, fit M. Grumbach.

Gardefort était étendu, à plat, et la mort était

sur lui. Le médecin lui passa la main devant les yeux, en faisant la moue ; les réflexes étaient faibles, presque nuls.

— C'est vous, monsieur Grumbach ?... souffla Gardefort.

— Oui.

— *Milady*... Je l'ai cassée, hein ?

Le banquier ne répondit rien.

— Ecoutez, Grumbach... Je... je... je vous demande pardon... J'ai été grossier... Vous êtes mordu par l'équitation et c'est très bien... très sympathique, après tout... Ecoutez-moi bien, car je suis foutu : je vais tout vous dire... le plus dif... le plus difficile, c'est de marcher droit !

Les doigts du moribond errèrent, à peine posés sur la couverture du lit, l'auriculaire écarté.

— La main... comme ça, voyez-vous, comme dans des œufs à la neige !

Si légère, si affinée, si exsangue était cette main qu'on eût dit que Gardefort aidait la Parque à délier le fil même de sa vie.

Il essaya de tourner sa figure vers son hôte.

— Jamais d'éperons, Grumbach... L'éperon... rasoir entre les mains d'un singe... *Milady* obéissait au souffle de la botte...

— Mais alors, pourquoi...?

Grumbach s'arrêta net au moment de parler du coup d'éperon, au haut de l'aqueduc.

Le commandant avait-il compris ? Il fit un geste.

— Ja...mais, dit-il, avec une difficulté extrême.

Le sang revint un moment sur sa face. Sa bouche se contracta. De l'écume à ses lèvres. La voix fut plus faible encore.

— La main légère... comme dans des œufs à la neige... Voilà la vérité... Je n'ai que cela à vous donner... mais faites bien attention, c'est précieux. C'est toute l'équitation... Rappelez-vous toujours... comme ça... léger... léger... lé...

Et à son tour, chevauché par la mort, le cavalier abandonna sa dernière résistance, ses yeux se fermèrent et sa mâchoire tomba.

*Saumur-Villefranche-sur-Mer,*
*juillet-septembre 1935.*

*Monsieur Zéro*

# I

Silas Cursitor descendit de voiture au moment où le soleil se levait, frisant les eaux. Le banquier laissa la route continuer vers le sud et s'arrêta au bord d'une petite grève de cailloux blancs. L'endroit se nommait Crique-La-Touche et était aussi désert que trois siècles plus tôt, lorsque le Jésuite français débarquant en pirogue la baptisa de son nom. Les jeunes éclaireurs canadiens et les citadins de la ville voisine n'y venaient camper à la belle étoile et y allumer des feux de bivouac que du samedi au lundi.

Six heures dix. Cursitor avait encore deux heures devant lui ; à Frederiksburg, on n'entrait jamais dans sa chambre à coucher avant huit heures du matin et ses bureaux n'ouvraient qu'à neuf heures.

L'automobile avait parcouru deux cent quatre-vingts milles ; mieux encore que sur le compteur, cette longue traite se lisait sur le visage du voyageur, un homme d'une soixantaine d'années, encore avantageux, de belle apparence peut-être dans ses bons jours, dans l'éclat de sa profession, à sa table de travail, entouré de téléphones et d'inférieurs déférents, mais ce matin, tout tordu, déhanché, cassé et défiguré par une nuit sans sommeil : une nature américaine de vieillard-enfant, plus coléreuse qu'énergique, plus appliquée qu'intelligente, plus technique qu'inventive, moins innocente que naïve, peu faite en somme pour l'infortune et les singulières aventures qui allaient être les siennes. Après avoir posé son chapeau sur la malle arrière, Cursitor se frotta les reins, releva des cheveux blancs, épais, drus comme des fils de verre, et approcha du rétroviseur une figure ni bonne ni méchante, où se lisait, comme sur certains masques mortuaires, la stupeur d'avoir été joué par le sort.

L'homme s'assit ; la course folle de la nuit continuait dans sa tête : les souvenirs des placards de publicité s'y heurtaient aux tibias en croix entrevus aux passages à niveau, les pesées sur l'accélérateur aux maniements du projecteur à main, les mots indiens ou français aux noms allemands ou vieille Angleterre ; tout ce qui compose la géographie hétéroclite des Etats-Unis se dissociait, s'agitait, vivait en lui à ses dépens, se brouillait et se débrouillait sans qu'il pût classer les images et ordonner ses pensées. Parfois, il laissait une somnolence le gagner et, à son insu, ses jambes se détendaient brusquement, dans un réflexe de coup de frein imaginaire.

Maintenant, Cursitor se trouvait en face du lac Supérieur, c'est-à-dire en face de son destin.

Maintenant, il était à l'extrémité de son pays, au suprême moment de sa vie, de sa vraie vie et non de son existence de banquier.

Il plongea la main dans la pochette de la portière et en tira un long papier plié en trois, marqué du nom d'un notaire de Frederiksburg dans le Minnesota : son testament. Avec la méthode qu'il apportait aux plus petites choses, à celles-là surtout, il nettoya le marchepied boueux, essuya ses lunettes, but un coup de cognac, replaça la gourde dans sa poche de pantalon et se mit à lire.

« *Aujourd'hui, je quitte les miens pour prendre le chemin qui ne conduit nulle part. J'ignore ce que je vais leur laisser ; lorsque j'étais riche, je connaissais ma fortune, à un centime près. Aujourd'hui, je ne sais même plus jusqu'à quel point je suis pauvre. Je me le demande avec angoisse pour Marina Forbes Cursitor, mon épouse, qui pendant trente-cinq ans fut une compagne affectueusement dévouée, et pour mes trois filles, Jessie, Lucy, Kathleen. Que mes gendres me pardonnent ; quant à mes filles, j'espère leur laisser, au milieu de la pire des catastrophes, le plus précieux des biens : un nom sans tache.*

« *Les immeubles, siège de la* Banque Cursitor, *c'est-à-dire les numéros* 1286, 1288, 1290 *et* 1292 *Lincoln Avenue, seront portés automatiquement à l'actif de la société, et je n'en fais pas état ici.* Venetian Lodge, *notre maison, y compris les garages, écuries et toutes annexes de Frederiksburg West, a été mis en* 1929 *au nom de ma femme, et je ratifie par les présentes ladite cession.*

« Alhambra Gardens *seront divisés entre mes cinq petits-enfants, moins la piscine, que je laisse à la ville de Grenade (Floride).*

« *Le moulin et les pêcheries de Petit Portage deviendront la propriété de ma petite-fille Maureen, à sa majorité, c'est-à-dire dans trois ans.*

« Blue Jacket, *mon yacht de* 1.200 *tonneaux, port d'attache Charleston, sera vendu, aussitôt après ma mort, au bénéfice de mes héritiers, ainsi que* Lyme Manor (*Devon, Angleterre*) *et* Farr Moor (*Ecosse*).

« *Des créances hypothécaires grèvent déjà mes mines d'Alcarez (Espagne), mes gisements de Santa-Cruz (Mexique), mes carrières de Grub (Yougoslavie) ; ces biens ont été gagés par moi les* 18 *février* 1933, 20 *mars* 1933 *et* 21 *août* 1933, *et les titres de propriété sont déposés entre les mains de la Banque Mortimer.*

« *Les usines de Huron City font partie de mon avoir personnel et non de l'actif de la banque, qui n'en possède que les actions préférentielles.*

« La Compagnie d'électricité *de Frederiksburg*...

« Le Gaz standard *de Frederiksburg*...

« Les Tramways *de Frederiksburg*... »

L'énumération des sociétés de Frederiksburg qui constituaient hier encore la fortune du banquier se poursuivait sur deux pages. Autant dire que le million et demi d'habitants de Frederiksburg appartenait à Silas Cursitor aussi entièrement que les anciens moujiks au boyard ; il les tenait là, dans ses mains ; il en disposait, car il les avait fait naître. Ses trains leur apportaient la nourriture, sa lumière les éclairait, sa terre recevait leurs cadavres, ses maisons abritaient leur progéniture.

Mais eux aujourd'hui demeuraient, alors que lui allait disparaître : ce sont là, entre père et enfants, rapports naturels.

Ses affaires, elles aussi, allaient continuer à vivre ; elles avaient poussé des racines autonomes dans ce sol américain où tout s'oublie si vite.

Mais, lui disparu, qu'allaient devenir les siens ? Sa pauvre femme ?... Les serres d'orchidées qu'elle aimait tant ? Sa présidence du *Ladies' Club* ? Cursitor voulut prier le Seigneur de s'occuper de Mrs Cursitor et chercha dans sa mémoire un psaume qui s'adaptât à la situation. Le mot *psaume* s'imposa ensuite à lui aux dépens de l'image de sa femme : psaume, acte de pincer les cordes... Il se rappela qu'enfant il se voyait aux pieds de l'Eternel, en train de jouer des instruments sacrés.

*Jehiel fut chargé de toucher l'orgue, le psaltérion et la lyre avec le plectre...*

Cursitor eut froid. Son esprit s'égarait, battait la campagne, à l'heure d'une grave décision. C'était la fatigue. Il essaya de courir pour se réchauffer mais il dut s'arrêter, oppressé... Ses yeux tombèrent alors sur un écriteau :

PEREGRINE FOREST.

*Domaine privé.*

Il reconnut ce nom. (Sa mémoire était un inexorable inventaire.) Un singulier hasard l'avait mené jusqu'à cette forêt qui lui appartenait. Il n'y était jamais venu, il n'avait jamais joui de ses ombrages, mais elle lui appartenait ; comme tout le reste, d'ailleurs, fictivement. Il l'avait achetée un matin, avec des milliers d'autres acres, comme on achète un cigare. Au fait, pourquoi l'avait-il achetée ? Il ne savait plus ; peut-être simplement pour empêcher un autre de l'avoir ?... Il acquérait ses biens poussé par une sorte d'impérialisme aveugle, de réflexe possessif.

Le froid lui tombait sur la poitrine, maintenant. D'habitude, il ne souffrait pas de son âge, mais, ce matin-là, ses soixante-quatre ans lui soudaient les articulations, lui plissaient en mille rides nouvelles la peau de la figure, répandaient dans son sang une torpeur qui n'était pas le sommeil, mais cette caricature du sommeil que connaissent pendant la journée les bureaucrates immobiles et les vieillards aux reins bloqués.

Le banquier regarda l'eau du lac à ses pieds, soumise, lécheuse. Au sortir de la crique, la nappe s'élargissait, recevait gaîment le soleil levant et le renvoyait avec un éclat insoutenable qui voilait l'horizon et aveuglait mieux que la nuit la plus profonde. On n'entendait aucun oiseau ; le coassement des grenouilles avait cessé et le silence était tel que Cursitor percevait le tic-tac de la montre dans sa poche.

Sous l'arche de verdure d'un bouleau courbé par le vent du large, le banquier entrevit, sur la gauche, un cap, le cap du Moine, situé à une centaine de brasses. C'était la frontière canadienne.

Une blanche plume de mouette, relevée en forme de barque, navigua jusqu'à la rive, obéissant à la brise ; sous la légèreté, l'eau semblait de plomb. (Mais un corps humain qu'on y précipiterait écraserait cette surface sous son poids, ne ferait saillie qu'un instant avant d'enfoncer...)

Il y avait cinquante ans que Cursitor n'avait pris un jour de congé ; cinquante ans qu'il n'avait perdu une minute de son temps à regarder flotter une plume de mouette. Aujourd'hui, ce brusque contact des éléments lui brûlait la peau, cette nature offerte choquait ses habitudes urbaines... « Vice-présidence, fauteuil, bureau, sonnette, stocks, découvert, primes, placements, escompte... » Ses réflexes d'homme d'affaires continuaient à fonctionner à vide, tandis que la vague venait tour à tour lécher et sucer les pierres du rivage ; anéanti de fatigue il se laissait aller au sommeil, réchauffé par ces premiers rayons de soleil qui écrasent les plus intrépides noctambules.

Neuf heures.

A neuf heures, ses bureaux ouvraient.

En imagination, il revit cette mécanique si ponctuelle, il crut entendre tourner la combinaison de la chambre forte, les caissiers prendre et compter leur numéraire et poser près de leur guichet un revolver nickelé. Etrange métier que la banque, si précis dans les détails, si brusque et si désordonné au sommet... Lui-même il se voyait, au dernier coup de neuf heures, ouvrant la lourde porte d'acajou et pénétrant dans l'appartement des directeurs. Après avoir empilé l'un sur l'autre un grand nombre d'étages arides et anonymes, la banque Cursitor se terminait, au soixante-quatrième (Cursitor comptait autant d'années que sa maison d'étages), par de charmants salons privés où les vice-présidents et le manager général avaient accoutumé de se rencontrer avant et après l'heure de la Bourse ; on eût dit un club d'artistes, avec le soleil du matin nappant d'or les chintz crème à pivoines roses, le café fumant dans les argenteries georgiennes et les biscottes grillées sur des assiettes de chine blanc et bleu. Enfoui dans un fauteuil, le fondé de pouvoir Dan Broëk était certainement en train de regarder avec étonnement sa montre, pourtant garantie contre tout vice ; avec étonnement, car, pour la première fois depuis trente-quatre ans, la porte ne s'était pas ouverte au neuvième coup du carillon, pour livrer passage à Silas Cursitor.

Cinq minutes plus tard, d'ailleurs, la vie reprendrait son automatisme : le nègre présenterait les œufs à la coque dans des verres ; dix minutes plus tard, l'avion postal qui apporte les journaux de New York ferait entendre son bourdonnement ; vingt minutes plus tard, une sonnerie retentirait et les cent soixante-dix-neuf guichets de la banque s'ouvriraient d'un coup. Bref, il ne restait d'anormal que cette petite erreur d'une seconde, au neuvième coup de neuf heures, mais cette erreur, ce manque, cette absence insolite, c'était le symbole de toute la catastrophe.

Le lac dégageait cette fade odeur que les poissons d'eau douce apportent jusqu'aux marchés des villes et, par les robinets, jusqu'aux lavabos et aux éviers de la campagne. Sous la réfraction liquide, les cailloux prenaient de drôles de formes, semblaient bouger. Ils offraient mille petits visages de fœtus grimaçants et verdâtres qui s'agitaient dans leur bocal, dans leur vivier, comme s'agitent autour des piliers, autour de la corbeille du Stock Exchange, les vilaines figures anxieuses des coulissiers.

— 57... 58... 57... 56...

— Qui veut cinq mille *Canadian Pacific* en totalité ou fraction à 56 ?

Ce tumulte quotidien, affolant pour d'autres, mais que lui savait dominer, comme il lui paraissait rassurant auprès du silence du lac ! L'eau... Soudain, Cursitor se crut envahi par l'eau, absorbé dans le giron de l'eau-mère, d'où toute vie est sortie... Il imagina le lac avançant comme la marée, qui cerne les hommes de ses lassos liquides et les étrangle. Puis un douloureux plaisir le posséda à la pensée qu'il n'était plus rien, moins que les cailloux du fond.

Quelques vêtements sur la berge, quelques cendres de cigare sur les pierres, minuscule et émouvante réponse à l'interrogation que les siens, que Frederiksburg tout entier, que la Bourse, que la police fédérale, que toute la presse du Minnesota et des Etats-Unis allaient bientôt se poser d'un instant à l'autre...

Cursitor se donna encore cinq minutes.

Il y avait certainement, à la banque, à cet

instant précis, une conférence entre le fondé de pouvoir de service, le sous-directeur, le caissier principal.. Comment n'assisterait-il pas, au moins par la pensée, à cette réunion-là, dont son absence était la cause ?

Dan Broëk, n'y tenant plus, sonnait certainement le standard.

— Demandez-moi Mr Silas Cursitor, à son domicile, immédiatement.

— Mr Cursitor est absent.

Absent, un jour de liquidation ? Deux cent mille dollars d'échéances ? Sept cent mille dollars de dividendes dus ? Sans parler du renouvellement des contrats de l'*Eastern Power* à signer avant midi ? Absent, pour la première fois de sa vie ?

— Alors, mettez-moi en communication avec Mrs Cursitor.

— ...

— Réveillez-la !

— ... Allô ! Ici, Dan Broëk... Bonjour, madame... Le patron n'est pas encore au bureau... Comment ? Mais où, où est-il ? Sa chambre est vide ? Son lit pas défait ? Quand l'avez-vous vu pour la dernière fois ? Hier soir, dix heures ? Quoi ! Une lettre ? Une lettre pour moi sur son bureau ! J'accours...

Cette lettre-là une fois ouverte et son fidèle Dan, tout tremblant, en prenant connaissance, c'était pour Silas Cursitor l'instant suprême :

cette dernière image marqua pour lui le signal du grand départ.

Cursitor se leva et regarda attentivement autour de lui. Personne. Cette pointe extrême de la République des Etats-Unis ressemblait encore, ce matin-là, dans sa fraîcheur, dans sa solitude, à l'Amérique des Indiens plus qu'à l'Amérique des banquiers. Alors, Cursitor se déshabilla rapidement ; il jeta sur la berge, sans chercher à les mettre en évidence, sans essayer non plus de les dissimuler, son respectable veston et son gilet noir à dépassant blanc, son pantalon rayé de membre du Stock Exchange avec portefeuille, nickels, clés et sonnette fétiche ; un peu plus loin, ses vêtements de dessous, ses souliers poussiéreux et ses chaussettes tièdes et privées de pied... Il s'assura encore une fois que son testament était plié dans la poche intérieure de l'imperméable gris, près des gants et du chapeau. Nu, il considéra un instant, gisant à terre, cette panoplie d'un grand homme d'affaires ; il l'observa même avec détachement, comme l'âme doit regarder, après la mort, le corps où elle vécut enfermée. « Ci-gît, se disait-il, avec le plaisir qu'ont parfois les vivants à s'imaginer morts, ci-gît Silas Cursitor, directeur de la *Cursitor Bank* : cent millions de dollars ; cinquante-deux succursales et agences ; crédit à quinze jours : dix millions de dollars ; à trois mois cinquante à soixante. Quatre-vingt-cinq présidences de sociétés et cent onze conseils d'administration ; fidéicommissaire de l'Asile des Orphelins du Minnesota ; trésorier de la Caisse des Retraites ; douze cents noms d'amis sur le livre d'adresses ; Cursitor, membre fondateur du Rotary Club de Frederiksburg, membre honoraire de six grands cercles, secrétaire général du Bureau des recherches économiques ; président local des Elks ; Cursitor, grand croix du Condor de Colombie !

Cette oraison funèbre terminée, Cursitor se recueillit un moment, tête baissée, comme sur le bord de sa propre tombe. Après une minute de silence, durée rituelle généralement réservée aux regrets par les officiels et les gens pressés, il s'aperçut qu'il était nu et qu'il se présentait au soleil levant et à sa seconde vie dans l'appareil des nouveau-nés, qu'il affrontait les éléments dans l'ancien uniforme national de la race humaine, mais que cet uniforme ne conviendrait pas, dans quelques minutes, à un pays aussi bien pensant que le Canada. Alors, aussi posément qu'il s'était dévêtu, Cursitor tira de sa voiture des habits de rechange et y enferma sa peau blanche aux reflets bleuâtres.

Puis il passa la frontière.

## II

Dan Broëk, le fondé de pouvoir de la banque, revenait de chez Mrs Cursitor chargé de l'écrasante nouvelle. En son absence, le téléphone n'avait cessé de retentir.

— Mr Cursitor est absent..., absent pour la journée, répétaient à l'envi les secrétaires.

Onze heures moins vingt. Dan Broëk raccrocha le téléphone, s'épongea le front, congédia tout le monde. Il regarda derrière lui, s'assura que personne n'entrait, s'abandonna à son émotion. Ses doigts tremblaient. La sonnerie retentit de nouveau.

— Mr Cursitor est absent. Non, pour la journée seulement.

Les yeux du fondé de pouvoir restaient fixés sur le calendrier-mémento, largement ouvert à la date du 18 mai, béant comme un aveu. A onze heures, Wessel... A onze heures trente, Otto Bamberg... A midi, conseil d'administration de l'*Eastern Power*...

Un bruit le fit sursauter. On entrait, malgré ses ordres... Non, ce n'était que le cours des changes sur Londres en clôture, vomi derrière lui par les serpentins du ticker automatique.

Encore la sonnerie. Il fallait faire cesser ce supplice. Les lèvres de Dan Broëk se refusaient à prononcer davantage le mot *absent*.

— Donnez-moi le standard... Répondez que Mr Cursitor est souffrant. Il ne viendra pas au bureau aujourd'hui.

L'homme restait là devant l'agenda, terrifié par la liste des engagements de la journée, plus menaçants que des pistolets chargés. Il essaya d'arpenter le bureau, mais à l'idée que dans quelques instants il faudrait tout dire, les jambes lui manquaient. Pour se donner du courage il fit un essai à haute voix : « Le patron ne viendra plus jamais à la banque, mes amis. Disparu... Mort peut-être.

Onze heures et demie. Dans trois quarts d'heures la Bourse ouvrait.

— Mr Bruce vous demande, dit la téléphoniste.

Le fondé de pouvoir prit les deux récepteurs. Bruce, le propriétaire du *Minnesota Times*, parlait bas, mais chacun de ses mots portait, chacun de ses silences comptait.

— Allô... Ici Bruce.

— Ici Broëk... Vous vouliez me parler ?

— Oui. Où est Cursitor ?

— Souffrant. Rien de grave.

— Mais pas chez lui ?

— Non, à la campagne.

— Tout seul... ou avec du linge de soie ?

— Seul, sûrement seul.

— Bonheur à l'homme seul ! Dites-moi : vous avez à midi le conseil de l'*Eastern Power?* J'aimerais bien pouvoir donner un avant-goût du dividende de juillet à mes lecteurs... Qui de chez vous remplacera Cursitor au conseil ? Pas encore fixé à cette heure-ci ? Ça, c'est curieux...

— Nous venons seulement d'être informés de l'indisposition du directeur. Nous allons aviser... Je pourrais vous téléphoner...

Bruce ne répondit pas. Un silence noir. Puis, brusquement :

— Vous avez à moi, sous dossier, dix mille actions préférentielles du *Gaz de Frederiksburg*, n'est-ce pas ?

— Possible. Moi, je n'ai pas la mémoire du patron. Il faudra que je m'en assure...

— Vendez avant Bourse ou premier cours. J'ai besoin de fonds immédiatement.

— Entendu, fit Dan Broëk.

Il raccrocha le récepteur et frotta un peu d'eau de Cologne sur ses lèvres parcheminées, séchées par le mensonge.

— Bruce sait déjà. Il doit avoir des intelligences même chez les négresses femmes de ménage... Ça lui donne un jour d'avance, soupira-t-il amèrement.

A trois heures, un garde-frontière découvrit l'auto et les vêtements de Silas Cursitor.

A quatre heures, la police les identifiait.

A cinq heures, les premières éditions des journaux annonçaient le suicide du banquier.

Puis les choses se mirent à tourner très vite.

Douze heures plus tard, c'était le krach Cursitor.

## III

Couché dans sa cabine, le Dr Real, alias Silas Cursitor, attendait le coup de sirène de midi sur l'étroite couchette dont les montants de bois, en l'empêchant de rouler, lui maintenaient les côtes à droite et à gauche. Mille fois déjà, il avait compté le nombre des boulons qui fixaient au plafond la charpente médiane, mille fois il avait entendu les vagues de sud-ouest se jeter sur les vieilles tôles, les ébranler, puis se dissoudre, tandis que le cargo allemand, poussant sa pointe dans la houle, retournait en Europe avec un fret de peaux et de bois canadiens, par des chemins atlantiques peu fréquentés. Il se leva et, assis sur le bord de son lit, se tailla les ongles que, depuis près d'une semaine, aucune manucure n'avait limés ni polis ; aucun coup de fer n'était venu aplatir et redresser ses habits fripés, imprégnés d'eau de mer, qui se balançaient sous ses yeux, pendus au bouton de la porte.

Cursitor partait d'Amérique misérablement, comme les émigrants y arrivent, dans l'entrepont, mais cet émigrant à rebours était, lui aussi, soutenu par l'espérance. Pareil aux premiers colons s'embarquant pour le Nouveau Monde, ce que Cursitor allait demander à l'Ancien Continent, c'était de le blanchir, d'abord ; ensuite, ce ne serait pas une puissance déchue qu'il apporterait à l'Europe, mais une force neuve.

Malgré l'étendue de son désastre, il ne se sentait pas coupable ; aucune voix intérieure ne lui reprochait sa faillite ; il ne découvrait aucun défaut dans la construction de sa fortune, dans le tissage rectiligne de la toile d'araignée dorée. L'argent seul était devenu soudain idiot, traître, méchant ; maître qui trahit son serviteur, roi qui trahit son ministre.

Cursitor était parti de rien ; il avait besogné de ses mains, comme n'importe quel apprenti, jusqu'au jour où, malade, il était entré à l'hôpital. Sa convalescence se passa en longues réflexions ; il se voyait luttant contre quelqu'un de plus fort que les hommes, quelqu'un qui ne connaît pas la maladie, ne réclame ni nourriture ni sommeil, n'a qu'un besoin, celui de se reproduire monstrueusement, et qui s'appelle le capital. A peine guéri, par un coup de chance, Cursitor trouva à se placer dans une banque. Dès qu'il put disposer de l'argent des autres, il le fit travailler à sa place ; alors, sous sa férule, nuit et jour, ce fut aux capitaux de suer, de geindre, d'ahaner sans souffler une heure. Cursitor les traquait partout, dans les comptes courants les plus éphémères, dans la poche des clients les plus méfiants, comme un vieil adjudant fait peiner des punis ; il leur secouait la paille, il les butait et les cylindrait, il eût tondu un pou pour avoir sa peau, il les poursuivait jusqu'au dernier dollar, jusque dans des chèques payables une heure plus tard. Si l'argent lui avait manqué, ce n'était vraiment pas sa faute · si la foudre était tombée sur sa maison, c'était une erreur de la foudre. Il s'en vengeait en partant : adieu Amérique !

De devoirs envers cette patrie, Cursitor ne s'en reconnaissait pas. Son père avait quitté la Saxe, par hasard, soixante ans plus tôt, et lui, comme tant de citoyens du Nouveau Monde, n'avait poussé aucune racine profonde, inconsciente, en ce sol trop prospère pour être douloureusement aimé. Les Etats-Unis étaient pour lui tellement synonymes de richesse que, depuis la crise, il s'était mis à se détacher d'eux. Ces attentes populaires à la porte du boulanger, ces queues frileuses devant les soupes gratuites, ces campements misérables comme au temps des pionniers, ce n'est pas pour trouver cela que sa famille avait fui l'Europe. Seule la prospérité l'intéressait. Cursitor avait été un des rois de l'argent facile.

Le monde appartenait alors aux financiers et, sur les Etats-Unis, les Morgan régnaient par droit divin ; un public obéissant prenait ce qu'on lui offrait ; les dollars se rendaient sans combat : ça, c'était l'Amérique de la prospérité ! Dans sa sphère provinciale du Centre-Ouest, c'était elle que Cursitor représentait. C'est avec elle qu'il mourait aujourd'hui.

La sirène déchira l'air chargé d'humidité. Midi. Sur le pont, il entendit des pas. On faisait le point. Cursitor, surpris, rejeta ses draps de coton gris et râpeux. Depuis combien de temps rêvassait-il ? Il se leva, enfila son pantalon trempé de rosée marine. Il se dépêchait de faire sa toilette, car, rappelé à la réalité, il se sentait affamé.

Il passa son veston et sortit. Par la coursive oblique où les bouches d'aération lui envoyaient à la figure leur souffle chaud et puant l'huile tiède, le banquier perçut un bruit de couverts et de grosses assiettes choquées. Il se hâta vers le déjeuner.

— *Guten Tag, Herr Kapitän*, fit-il en s'asseyant sur son fauteuil tournant.

D'appétissantes saucisses en boîte, du cervelas, du poisson sec, des conserves et encore des conserves couvraient la table d'hôte, d'un aspect familial, où les quelques passagers alternaient avec le médecin du bord et les deux officiers qui n'étaient pas de service.

— *Schönes Wetter, aber Sie sehen nicht gut aus*, répondit le capitaine... Votre mine n'est pas fameuse... Si vous n'êtes pas plus marin que cela, je m'étonne que vous ayez choisi mon cargo pour vous mener à Marseille. C'est le meilleur rouleur de l'Atlantique !

Cursitor lui jeta un coup d'œil inquiet et plongea dans les hors-d'œuvre fumés en murmurant quelque chose d'incompréhensible. Il savait bien, lui, pourquoi il avait pris le *Lorelei*. Il fallait prévoir l'éventualité où son plan de fuite, si bien agencé pourtant, échouerait... En ce cas, qui aurait l'idée d'aller chercher un millionnaire sur ce méchant raffiau ?

Cursitor se retourna peureusement. L'idée qu'une main pourrait se poser sur son épaule, cette idée qui l'avait pourchassé lui revenait maintenant. Cette police qui n'arrête jamais les coupables ne demanderait qu'à lui passer les menottes, à lui innocent. L'image de la prison surgit d'un coup, avec une telle force qu'il eut envie de vomir... Lui, derrière des barreaux, pareil à un caissier qui a levé le pied ! Il étouffait comme une femme nerveuse prise dans une foule... Une fois jeté dans ce trou de rat, comment ferait-il pour se défendre ? A un géant comme lui, à des compagnies colossales comme les siennes, il fallait avant tout l'espace... L'enfermer, c'était l'assassiner... Il se vit devant le tribunal, contraint d'admettre sa défaite, d'avaliser par sa seule présence sa banqueroute, de justifier ses entreprises devant ces gagne-petit qui n'entendaient rien à la finance, jurés, avocats, ministère public, reporters judiciaires... Leurs interrogatoires insultants, leurs interrogations idiotes, leur air de supériorité ! Il perdrait son temps à ces ineptes débats pendant qu'agoniseraient ses affaires privées de leur chef. Et tous les soirs on le ramènerait dans l'asphyxiante cellule !

— *Sind Sie krank ?* interrogea brusquement le médecin qui observait depuis un moment le visage vert de Cursitor.

Le banquier sursauta, se leva de table, prétextant le mal de mer, et courut se réfugier dans sa cabine.

Là, il se sentit en sécurité. L'optimisme lui revint avec la digestion. Quelques secondes suffisaient pour le faire passer du désespoir absolu à une confiance sans bornes. Cet homme âgé sautait, comme un acrobate sous le feu des projecteurs, de l'euphorie des sommets jusqu'aux noirs abîmes de la dépression. Il était l'homme le moins équilibré du pays le plus instable et de l'époque la plus vacillante du monde.

Cursitor profita de ce qu'il avait retrouvé son sang-froid pour prendre une vue panoramique du désastre. Remontant jusqu'aux origines, il compara sa situation à celle de l'année précédente. En mai, exactement le 13 mai, c'est-à-dire douze mois plus tôt, il sortait de chez Woolf et entrait chez Jacob Faber. C'étaient les deux banques à qui il devait le plus d'argent ; les chiffres s'inscrivaient encore dans sa tête en lettres de feu, le feu des insomnies.

*Découvert* : 542 *millions de dollars*
*Titres déposés en garantie* : 600 *millions de dollars.*

La plus-value certaine de ces titres devait par conséquent laisser une belle marge pour de nouvelles opérations. Le malheur, c'est que Woolf ne croyait pas à cette plus-value ; et même il s'obstinait à croire à la baisse et à réduire de visite en visite le crédit qu'il accordait à Cursitor. Quant à Faber, guère moins pessimiste mais plus courtois, il se bornait à répéter :

— Ah ! si nous avions de bonnes Bourses ! Faites-moi de bonnes Bourses, votre gage prospérera et votre crédit avec.

De bonnes Bourses !

Acculé à ce mur, Cursitor avait eu une idée : afin de donner confiance au public et de provoquer la hausse de ses titres, il résolut de les accepter lui-même en nantissement et de prêter dessus, aux petits demandeurs d'abord, puis aux autres, pour des sommes de plus en plus élevées. Bourré de papier invendable, un matin, il creva.

La crise d'une part, les baissiers de l'autre avaient fait alliance, et les valeurs que Cursitor soutenait à la force du poing s'étaient détachées comme un gros morceau de falaise en surplomb et l'avaient précipité jusqu'au fond de l'abîme.

Il ne tombait pas seul. Les banques le suivirent : il le leur avait prédit : il avait dit à la *Frederiksburg National Discount* :

— Vous ne m'aidez pas aujourd'hui ; demain, c'est vous que personne n'aidera. Si vous me refusez un moratoire, le jour viendra où vous serez obligés d'en solliciter un !

Et, en effet, les banques, obligées d'exécuter leur gage qui fondait entre leurs doigts, entraient à leur tour dans la valse, happées par la succion du vide.

Le banquier n'avait qu'à fermer les yeux pour se trouver à la corbeille, à gauche, près du pilier des valeurs ferroviaires, à sa place habituelle ; il entendait les sourds coups de bélier que les baissiers donnaient dans ses actions dorées sur tranche, pour en ramasser des paquets au bon moment. La cote tombait toute seule, verticalement : mines, rentes d'Etat, caoutchoutières, services publics, électricité, dégringolaient dans le gouffre comme des alpinistes pendus à une même corde. Les boys messagers criaient, en courant d'un pilier à un autre :

— Mr Fergusson ! Mr Garett ! Mr Levy !

Tous les stratèges, tous les guerriers sanguinaires de la place, aujourd'hui Cursitor les imaginait mordant la poussière les uns après les autres. Il les connaissait si bien, ces « ours », Cornelis Van Meer, qui, il y a trois semaines, avait fixé un ordre d'achat des *Frederiksburg*

*Automobile* à 45, et Salomon Asche, qui « rentrait toujours dedans » aux environs de 40 ! Combien de fois s'étaient-ils rachetés avant de tomber à 0, se demandait Cursitor en riant méchamment. Et son vieil ennemi, le président Grenne, de la *Grenne National*, entouré de plus de téléphones qu'il n'a d'idées dans la tête, s'efforçant d'aveugler ces voies d'eau que sont les retraits de dépôt ! Vendre ! vendre à tout prix... Partout les comptes à vue se vidaient et les coffres-forts privés se remplissaient ; les pompes refoulantes ne fonctionnaient plus ; du fond des campagnes, les fermiers du Minnesota annulaient leurs ordres. Alors les banquiers faisaient fébrilement le tour de leurs plus gros débiteurs et exigeaient de nouvelles provisions pour se couvrir dans les opérations à terme ; les créanciers faisaient la battue de leurs prêts, les exigeaient avant l'heure, offrant même des conditions extraordinaires.

Derrière cette folie, il y avait un même nom, visible ou invisible : le sien. Ligoté par ses affaires, il avait ligoté celles de tout un Etat ! Et soudain il disparaissait... Ce n'était pas une boule de neige, c'était une boule de peur, une immense avalanche de terreur qui avait dû descendre de la *Banque Cursitor* à la place de Frederiksburg, de là à Chicago et de Chicago à New York. Wall Street elle-même avait dû ressentir le contrecoup.

— En ce moment, je suis l'homme le plus maudit des Etats-Unis, se dit Cursitor, orgueilleusement.

Lorsque Cursitor se réveilla ce matin-là, il sentit sous lui le bateau immobile. Il se pencha par le hublot et aperçut une côte dans la brume, la côte de Galice, la première côte d'Europe. Le *Lorelei* faisait escale à La Corogne. Cursitor s'habilla, sauta dans une chaloupe et débarqua tout guilleret. D'un pas déshabitué de la terre ferme, il foulait avec un vif plaisir le dur granit du Vieux Continent.

Une ruelle montait en zigzags vers la poste ; il s'y engagea, se retourna et vit qu'il était seul. Comme il aimait beaucoup se tenir des discours à haute voix dans la rue (ce qu'il ne pouvait jamais faire à Frederiksburg, car les journalistes le suivaient), il entama un monologue :

— Mon télégramme sera à New York en fin de journée... Ma lettre arrivera à ma femme le 27 ou le 28... A cette époque-ci de l'année, il y a des paquebots tous les jours... Le télégramme, je l'ai tout prêt... J'ai eu dix jours pour le tourner et le retourner dans ma tête... Je crois qu'il dit bien ce qu'il veut dire... Il est simple et franc, courageux sans plastronner. Il a réponse à tout...

Il est brillant sans être flambant... Il est sensationnel puisqu'il émane d'un homme que cent millions d'Américains croient mort, mais il est rassurant... Il ne s'adressera pas à ma femme, ce qui aurait quelque chose de sentimental et de larmoyant... Ni à la justice qui n'a rien à voir dans tout cela, ajouta-t-il avec fermeté ; non, il s'adressera à l'opinion publique par la voix des journaux... Dieu, que ces maisons sont petites !... Est-il possible que des hommes habitent là-dedans !... Ces façades vertes et roses ressemblent à des « ice cream sodas »... Récapitulons mon télégramme :

*Cursitor à Associated Press — La Corogne — 11 juin... Américains, à l'écoute ! Ici Silas Cursitor, le mort vivant miraculeusement sauvé par la main du Seigneur. Stop. Ma première pensée d'Europe est pour vous, un message de paix et d'espoir. Stop. Que personne n'accuse Silas Cursitor avant de l'avoir vu à l'œuvre. Stop. Faites-moi confiance et Frederiksburg sera à nouveau terre d'abondance.*

— Comme cela, ils ne se fatigueront plus à draguer le lac ! sourit-il.

En pensée, il se revit affalé, affolé, désespéré, devant la crique La Touche. Avec l'apaisement qu'apportent le temps et la distance, il n'arrivait plus à comprendre l'accès de terreur panique qui l'avait jeté en quelques heures hors de sa maison, de sa famille, de son pays...

— Je me suis sauvé comme un voleur, moi, Cursitor ! se répétait-il amèrement ; j'ai perdu la tête et j'ai mis toutes les apparences contre moi ; il fallait rester, montrer ma comptabilité ; les irrégularités... eh ! dans quelle affaire de quelque envergure n'y en a-t-il pas ?

Il ne se pardonnait pas cette énorme faute de tactique. Heureusement, le télégramme allait réparer tout cela.

Au sortir de la poste, il s'installa dans un café qu'il s'obstinait à désigner du mot mexicain de *cafeteria*, inconnu en Espagne, et ajouta un long post-scriptum à la lettre qu'il avait écrite à sa femme pendant la traversée. Après s'être justifié du message volontairement ambigu qu'il avait laissé en partant, il lui donnait une série d'instructions précises et habiles pour assurer, au cours des mois qui allaient venir, une communication constante avec elle, en langage chiffré, par l'intermédiaire d'un ami sûr, à Londres, qui lui ferait tenir l'argent, les lettres de crédit, les dossiers et en général tout ce dont il aurait besoin.

A midi, il reprenait le *Lorelei* pour Gênes.

Le cargo stoppa dans une rade profonde, entourée de rochers qui se réfléchissaient en une eau sombre étoilée d'or. Au fond de la baie, quelques maisons pittoresques, à vieilles tuiles, escaladaient des terrasses en escalier, ornées d'oliviers et d'orangers.

— Gênes ? demanda Cursitor.

— Non. Villefranche-sur-Mer. Gênes dans huit heures.

— Est-ce l'Italie ?

— Non, c'est la France.

— Ah ! La France ! fit Cursitor, pensif, un peu étonné de voir une nation aussi militaire l'accueillir par un fort du XVII^e^ siècle, piqué de trois dattiers et qui ressemblait aux ouvrages espagnols de La Havane.

— Où est la Riviera ? demanda-t-il.

— Ici même.

— Ah ! La Riviera ! reprit-il avec admiration. Je descends. *Best hotel ?*

Deux heures plus tard, Cursitor s'était installé dans un palace de Cimiez, avec Nice à ses pieds, du soleil plein les fumées, des palmiers et des fleurs plein les avenues. Ayant déposé sa valise, il descendit en ville parmi la foule claire et dénudée qui coulait dans l'ombre des platanes niçois. La matinée finissait. Une grande zone de soleil et de paresse coupait maintenant la journée en deux. A la terrasse des cafés, les promeneurs prenaient des verres d'une boisson aromatisée et verte comme l'herbe.

Avenue de la Victoire, Cursitor tomba en arrêt devant la succursale d'une grande banque française et y entra pour changer ses dollars. Pendant qu'on le faisait attendre, il regardait autour de lui avec curiosité. — Voilà qui n'avait aucun rapport avec sa banque de Frederiksburg !... Comme sur la place d'un village, la vie s'écoulait là-dedans, très douce. Une paysanne italienne changeait les langes de son bébé. Cigarette à l'oreille, les messagers portaient d'un pas traînant les titres d'un guichet à l'autre et les dactylos tricotaient ; les clients, à qui l'on avait remis de gros triangles de cuivre, attendaient patiemment leur tour d'encaissement en bavardant comme au café. Au lieu et place des immenses tableaux de valeurs du Stock et du Curb, qui s'ouvrent et se ferment en claquant et devant lesquels clients et clientes s'effondrent hystériquement dans des fauteuils de club, tandis que la fortune leur fait de l'œil ou que la baisse s'amorce, Cursitor ne voyait bâiller sur les murs français que des affiches de loterie et d'emprunts d'Etat. Le vieux caissier lâchait à regret, toutes les dix minutes, un billet de banque, après l'avoir fait claquer dans ses doigts. Midi sonna, heure à laquelle toutes les Bourses du monde entrent en ébullition. A ce moment-là, le concierge de la banque niçoise, manchot comme un gardien de square, chassa le public et abaissa maussadement un lourd rideau de fer sur lequel on pouvait lire :

FERMÉ JUSQU'A DEUX HEURES
POUR CAUSE DE DÉJEUNER

Cursitor rentra à l'hôtel les bras chargés de la collection des journaux américains, arrivés pendant son voyage. Il avait une telle hâte de les lire, qu'il remonta chez lui en courant... Ayant fermé la porte à clef, il les étala sur son lit, sur le sofa, jusque sur la moquette cramoisie de sa chambre.

Devant lui, d'un seul coup, toute son histoire se déroula ; son nom, mille fois répété, lui entrait dans les yeux, dans les oreilles ; il était l'unique héros d'une aventure fabuleuse qui se passait à mille lieues de là. Tantôt en gros titres, tantôt en vues photographiques, les phases successives de cette saga héroïque se juxtaposaient sur le même plan et il les voyait à plat, les embrassait du regard, comme Brahma voit le monde et les siècles. Cursitor vécut ainsi le coup de tonnerre de sa disparition... les recherches policières... le dragage du lac (car on l'avait dragué)... le rush aux guichets des banques... toutes les visions de cauchemar, toutes les préimages qui l'avaient torturé la première semaine de la traversée... Mais ce qu'il n'avait pas prévu, c'était l'immense étendue de la catastrophe, les millions engloutis par centaines, par milliers, la foule furieuse, les charges de la police montée, les blessés, les morts, le suicide de son pauvre Dan Broëk... les autres suicides, tout un continent, le poing tendu contre lui, poussant des clameurs de haine...

Il se releva lentement, les mains glacées. On l'avait jeté hors de son rêve comme d'un train en marche.

Cursitor ne passa que quelques heures à Cimiez. Sa chambre lui était devenue intolérable. En pleine irrésolution, ne sachant s'il devait partir ou rester, il avait repris le chemin de Villefranche pour se tenir le plus près possible de la mer. Cela tournait chez lui à l'idée fixe. Il errait parmi les bateaux, voiliers de plaisance, vedettes, petits yachts, tous ces navigateurs pour rire qu'effraye le large.

Il finit par lier conversation avec le gardien d'une vieille tartane qui n'était pas sortie depuis dix ans et que ses propriétaires, des artistes anglais, faute d'argent pour la caréner à neuf, avaient aménagée en studio avec un piano et un fourneau, et mise en location. Séance tenante, Cursitor loua cet immeuble flottant.

Le voilà donc installé à l'abri du vieux chemin de ronde sarde, à bord de l'*Invisible*. Le nom est de bon augure. Au réveil, Léchevin, le gardien, hisse un prestigieux pavillon britannique en vieille étamine rouge déteinte. Les pêcheurs de loups et de rascasses partent à l'aube ; beaucoup plus tard, les pêcheurs rentiers sortent pour passer une journée enflammée sous une toile, à pêcher pageots et girelles à la palangrotte. Une légère brise, née avec le jour. arrête les nuages au-dessus des montagnes dont s'entoure de tous côtés le rivage à qui le soleil semble réserver ses plus roses rayons. Le clairon des chasseurs alpins sonne des appels qui se répercutent sous les trois étages voûtés des anciens couvents jésuites transformés en casernes.

Cursitor renversait la tête et regardait le ciel ; il n'avait jamais eu le temps de lever les yeux aussi haut ; les grands mâts semblaient soutenir la voûte bleue ; les drisses verticales en descendaient, coupées par les diagonales des haubans, les horizontales des vergues et l'élan des bouts-dehors. Ces angles multiples quadrillaient le ciel, épais comme de la laitance et lourd de chaleur printanière. Tout stagnait, les fumées au-dessus des paquebots, les odeurs fortes au-dessus des fromages parmesans, les reflets à la surface de l'eau ; seules les ombres tournaient autour des corps.

— Jamais je n'aurais prévu que je finirais conservateur d'une ruine flottante ! pensait Cursitor, assis sur un paquet de cordages. Moi qui possédais le plus fin yacht de la côte atlantique !

Pauvre *Blue Jacket*, son cher beau grand bateau ! Quel naufrage ! où était-il aujourd'hui ? Vendu ? Ou sous scellés à Charleston, gardé par quelque nègre pieds nus ? Que d'heures Cursitor avait passées à en étudier les plans ! C'est le triste destin des hommes d'affaires de ne jouir des choses que sur plan. Ils ne se promènent que dans des jardins tracés sur calque, n'habitent des châteaux qu'en épure, ne se baignent que dans des devis de piscines et ne voguent que sur les bleus que déroulent à leurs yeux les architectes navals. Comme il avait peu servi ce yacht, depuis sa construction en 1928 ! Et lui-même, le maître du navire, qu'avait-il fait d'autre que d'être enchaîné à son bureau comme le *Blue Jacket* à sa bouée, de signer et encore signer des chèques, depuis le jour où, à vingt-cinq ans, il avait ramassé son premier argent dans une concession municipale d'appareils à sous, jusqu'à celui de la culbute finale. La fortune lui avait souri comme sourit une femme à qui on fait des signes mais qui, quand on approche, ferme sa fenêtre. Aujourd'hui, elle lui claquait ses volets au nez et mieux eût valu pour lui ne jamais gagner son premier million !

1928... Quel monde incroyablement lointain ! Quel âge préadamite ! Cursitor revoyait *Venetian Lodge*, sa résidence gothique, nouvellement achevée... Pendaison de crémaillère... Mrs Cursitor en dogaresse... Le gazon commandé télégraphiquement d'Angleterre et roulé par cinquante horticulteurs hollandais... Un parterre de rhododendrons arrivant la nuit en camions et Cursitor ouvrant sa fenêtre devant un vrai jardin des Hespérides là où, un mois plus tôt, il n'y avait qu'un terrain vague avec des ficelles.

— Magnifiques années ! soupira Cursitor en s'étendant tout courbaturé sur une couchette de varech qui craqua sous lui.

Ce vieux retraité qui s'en va faire son marché à Nice, c'est un grand banquier en fuite, c'est Cursitor. S'il ose sortir en plein jour, c'est qu'il a enfin reçu une lettre de sa femme et qu'elle est plutôt rassurante ; tout semble se passer normalement ; les experts comptables sont nommés et travaillent en bon accord avec ses avocats ; le séquestre a été choisi parmi ses amis. Cursitor respire mieux. Les choses ont l'air de s'arranger ; peut-être accordera-t-on au séquestre les crédits si obstinément refusés au banquier ? Merveilleux mirage de l'éloignement. Cursitor rayonne et jette sur les passants des regards affables.

Dix minutes plus tard, il passait devant l'immeuble cramoisi, où *L'Eclaireur de Nice* affiche au premier étage, sur un transparent, les dernières nouvelles. Il lut :

DE NEW YORK. — BANQUIER SILAS CURSITOR ARRÊTÉ A SINGAPORE.

*Arrêté...* Cursitor reçut ce mot comme un pavé en pleine figure. Ainsi donc, on le recherchait ; non pas pour le remettre à flot, mais pour le punir. *Arrêté...* La loi laissait tomber sur lui sa main de pierre. Arrêté à Singapore ! Pour être fausse, une nouvelle de presse n'en garde pas moins tout son éclat. Demain, les policiers viendraient vraiment à Villefranche le repêcher dans la darse. Et les Etats-Unis demanderaient à la France de le leur livrer comme un criminel.

Cursitor sauta dans l'autobus du retour et courut s'enfermer au fond de l'*Invisible*. Au poste de pilotage, sur une tablette d'acajou, il étala trois mille francs en billets de banque ; son dernier argent était de l'argent étranger ! Il allait désormais vivre en proscrit. Sa patrie le vomissait aujourd'hui, même si, un jour, elle devait retourner à son vomissement. Cet enfant géant qu'est l'Amérique du Nord, ce bébé prodige qui exige tous les matins, comme jouet, un scandale ou un sacrifice, comme guignol, une religion nouvelle ou une grande invention, réclamait Cursitor en trépignant. Contre lui, trophée vivant, commençait une poursuite monstrueuse et inégale, une chasse à courre mondiale dont il était le renard.

Soit. Il acceptait le défi.

Ce dernier coup ne l'abattait pas, au contraire. Il le rendait furieux. Actif, lucide, et furieux. Cursitor retroussait ses manches. On ne l'aurait pas comme cela.

Avant tout, se mettre à l'abri des lois internationales.

Avec ses trois mille francs, Cursitor pouvait s'échapper, mais pour aller où ? N'existait-il pas de pays habitables n'ayant pas, avec les Etats-Unis, de traités d'extradition ? Certainement si. Il fallait se renseigner.

Failli, oui, banqueroutier, non. Il le prouverait. La justice, il ne la redoutait pas. Mais il réclamait le droit de choisir son avocat et cet avocat, c'était le temps. Cette procédure, bien qu'inhabituelle, était légitime. Ainsi ne confondrait-on pas le krach Cursitor avec la mésaventure banale d'un notaire de province qui passe la frontière. Maintenant commençait le roman d'un grand financier malheureux qui veut plaider devant le tribunal impartial de l'univers et gagner sa cause contre un Etat.

## IV

Le drogman copte de la légation des Etats-Unis au Caire descendit du train blanc, fit claquer ses babouches sur le quai et avec cet air important d'âne chargé de reliques que prennent les Orientaux quand ils sont employés par des Européens, serra contre son bras sa serviette fermée à clé et se dirigea vers l'*Hôtel Impérial* d'Alexandrie. Là, il demanda à parler à Mr Lyons King, le chargé d'affaires américain.

— Mr King joue au bridge dans le salon turc, dit le kavas soutaché d'or.

Mr King avait planté là sa chancellerie cairote pour monter se rafraîchir au bord de la mer et abattre des sans-atout en compagnie d'officiels du Canal et d'archéologues du Delta. Chaque semaine, son drogman indigène lui apportait la signature et au besoin une table de chiffres.

— C'est vous, Macaire ? Prenez un café ; je finis ma partie.

Sous une chromolithographie du roi d'Egypte le drogman s'assit, les mains sur les genoux, comme le sphinx. Cet humble Copte était depuis vingt ans le véritable chef de poste, mais il n'en laissait rien paraître, ardent, passionné, travailleur, vindicatif et dissimulé comme ses pareils.

— Excellence, dit Macaire, j'apporte un télégramme confidentiel : « *A déchiffrer vous-même.* »

Le chargé d'affaires sortit de la poche de son complet de tussor marqué de sueur au dos la clé de la serviette et, la passant à l'indigène :

— Je vous autorise à le déchiffrer. Table 702 : double combinaison...

Macaire, qui, informateur du gouvernement, connaissait depuis vingt-quatre heures le texte du télégramme et depuis vingt-trois mois le secret du chiffre de la légation qui l'employait, fit cependant semblant de traduire avec difficulté la dépêche qu'il finit par tendre à Mr King.

DÉPARTEMENT D'ÉTAT, WASHINGTON, A CHARGÉ D'AFFAIRES DES ÉTATS-UNIS, AU CAIRE :

*Ambassadeur des Etats-Unis à Paris a toutes raisons de croire que, redoutant une demande d'extradition, le banquier Silas Cursitor vient de quitter la France pour l'Egypte. Veuillez le faire rechercher et obtenir son arrestation.*

Le chargé d'affaires américain prit d'un geste le ciel à témoin de son émotion. En plein été, en pleine sieste des fonctionnaires, en pleines vacances des tribunaux, en pleine négociation d'un traité d'extradition qui traîne depuis des années, par 40° de chaleur et sans aucune brise de mer avant minuit, « rechercher et obtenir arrestation ! »

— Votre Excellence a lu les journaux ? La fuite de ce banquier semble être une affaire d'Etat, soupira Macaire.

— Mais où est-il, ce Silas Cursitor ? Il préfère voyager incognito, bien entendu ! Il se cache !... Il se voile peut-être, comme une Turque d'autrefois ! s'écria Mr King, content de sa plaisanterie.

— Il est au *Shepheard's*, Excellence, répondit avec calme le Copte.

Toujours impassible, il ouvrit un volumineux dossier sous les yeux de son maître.

— Excellence, voici les rapports de police...

— Je n'aime pas beaucoup, Macaire, fit dédaigneusement le diplomate, ces âneries d'ânier, ces ragots d'interprète fabriqués par les agents de la Sûreté pour justifier les mensualités que nous leur versons.

— Votre Honneur devrait pourtant lire celui-ci. C'est justement le dossier Cursitor. Ce banquier a été affectueusement surveillé comme tous les étrangers, depuis son arrivée il y a huit jours.

— Comment ? Il est ici depuis huit jours et je n'en suis pas averti !

— Vous ne m'avez rien demandé, Votre Honneur.

Le vieux Copte mit ses lunettes d'or et commença à lire en excellent anglais à peine teinté de levantin :

*Rapport 794. Communiqué par l'agent L. B. Le banquier américain Silas Cursitor, le plus grand millionnaire de Frederiksburg, Minnesota, Etats-Unis, voyageant sous son nom, a débarqué à Port-Saïd le 14 de ce mois. Il s'est installé au Shepheard's le 15. Il lance des télégrammes dans beaucoup de pays. Le monsieur essaye beaucoup de combinaisons. Il appelle par leur petit nom les premiers banquiers d'Amérique. A partir du 17, il a téléphoné et rendu visite à quelques solicitors anglais, MM. Leigh, Jacobson, Nobel, Smith, et à deux jurisconsultes français, MM. Dupont et Ventre, les seuls qui ne soient pas en Europe pour les vacances. Le 20 et le 21, il a correspondu en code chiffré avec ses avoués, à Londres et Frederiksburg. On dit qu'il est à la recherche d'un pays sans convention d'extradition avec les Etats-Unis et qu'il a conséquemment choisi l'Egypte pour asseoir une résidence. Refuse les interviews. Répond aux journalistes : « Je me suis promis de ne rien dire, je tiendrai parole. » Ou bien : « Oubliez-moi et moi je ne vous oublierai pas. » Ne se laisse pas photographier et met sa main sur la figure. Peut-être malade ? A vu plusieurs médecins, notamment les professeurs Kyriadis et Caracola. Monte chaque jour sur la balance chez le pharmacien ; a l'air inquiet de son amaigrissement ; mange beaucoup. Veut déménager au Semiramis. A reçu de Londres, le 22 et le 23 de ce mois, deux mandats de 200 livres et un de 1.500 dollars. A mis en dépôt, à la Banque Générale du Delta, 80.000 dollars. Le 25, sont arrivés pour lui, par l'avion hollandais, des ballots de journaux américains. S'est enfermé toute la nuit pour les lire. A paru tout aplati après. S'est arrêté dans sa promenade à la devanture d'un armurier ; finalement, il est entré à côté chez un fleuriste et il a acheté un œillet. La légation d'Amérique ne semble pas au courant de sa présence.*

— Tel est le rapport 794, Excellence, conclut Macaire avec autant de dégoût solennel que s'il avait dû, lui, Copte chrétien, lire le Koran aux étudiants d'El Azhar.

Mr King gardait un silence réfléchi. Ce qu'il avait toujours redouté, un incident diplomatique, surgissait et au pire moment, en plein essor de sa carrière ! Le département d'Etat aurait les yeux sur lui. Déjà les journalistes, ces bêtes noires des diplomates, devaient avoir assailli la légation, signalé partout son absence. Sans être de ces agents timorés et routiniers qui vivent dans la terreur de l'insolite, pour qui un rapatriement est un accident grave, un décès dans leur circonscription un drame, une rixe de marins une tragédie eschylienne, le passage d'un bateau de guerre une cause d'insomnie et de migraines, il envisageait sans plaisir les délicates responsabilités qu'il lui faudrait assumer. Brusquement il se mit debout, faisant craquer le parquet sous quatre-vingt-dix kilos d'ossature compacte et de muscles en bonne condition.

— Est-ce qu'il fait chaud au Caire ? demanda-t-il.

— Non. 42 degrés seulement.

— C'est bien ! nous allons rentrer par le 8 h. 36.

La journée avait été affreuse ; les correspondants et les reporters (arrivés tout exprès de Frederiksburg) avaient collé à Cursitor comme les taons à ces malheureux petits ânes écrasés sous les fardeaux et les coups qui lui faisaient tant pitié dans les rues du Caire. C'est au sortir de la boutique où il venait de s'acheter deux complets de tussor que la meute, l'apercevant, s'était lancée à ses trousses ; entouré, assailli de questions qui faisaient bourdonner ses oreilles d'artérioscléreux, les larmes aux yeux et dans un état voisin de la panique, il avait réussi à se réfugier dans son nouvel hôtel, le *Sémiramis*, mais cette vermine s'y faufilait malgré la surveillance des portiers ; il en trouvait dans le corridor, sur le balcon, au bout du fil du téléphone !

Cursitor se leva, ouvrit la fenêtre et sortit sur sa terrasse ; le Nil d'été balafré de mâts s'écoulait en nappes rougeâtres vers la mer. Une chaleur noire montait des rives inondées et le ciel poussiéreux s'obscurcissait sur ses bords. L'air était plus irrespirable encore que dans la chambre. Il rentra, se doucha et se mit à réfléchir à sa situation, en attendant l'arrivée de ses avocats :

Pendant onze jours l'Amérique l'avait cru mort.

Les dix jours suivants, Frederiksburg, retombé dans la crédulité et le besoin d'espérer contre tout espoir, avait favorablement accueilli l'absurde télégramme de La Corogne et se reprenait à voir dans Cursitor un grand financier momentanément éprouvé par la crise.

Ensuite, les experts avaient révélé l'énorme déficit et tiré des conclusions sévères.

Trois jours plus tard, le séquestre général.

Le lendemain, déclaration de banqueroute ordinaire.

La semaine suivante, le jury avait rendu un verdict de banqueroute frauduleuse.

Aussitôt avait commencé la procédure d'extradition pour escroquerie, extradition à l'abri de laquelle le banquier espérait s'être mis en se réfugiant en Egypte.

C'était la question qu'allait débattre son « Conseil de défense » comme il l'appelait.

Cursitor avait pris pour avocats le bâtonnier Comedran du barreau d'Alexandrie, le Crétois Lazaridis, le Français Octave Ventre et un Ecossais de Malte, Mᵉ W.-W. Jacobson.

Avant d'avoir vu opérer ces familiers du code, de tous les codes, Cursitor qui, comme tant d'Américains, ne connaissait rien de l'Europe, avait craint de ne trouver en eux que de petits procéduriers de province, des chicaneurs sans envergure ; il comprit vite que l'Egypte est la terre promise des avocats et que les siens surpassaient leurs confrères des deux mondes par le savoir, la subtilité et la dialectique. Ces néo-Alexandrins avaient poussé sur l'humus gras du Nil comme de gros microbes sur un égouttoir à crème aigre, et la façon dont ils s'entendaient à préparer sa défense le convainquit qu'il avait toutes les chances de ne jamais être rendu à sa patrie.

Personne ne connaissait la loi comme Mᵉ Comedran : il parlait peu, semblait dormir debout, n'acceptait, ou faisait semblant de n'accepter les nouvelles causes qu'avec la mauvaise humeur de l'avocat désigné d'office et se spécialisait de préférence dans les naturalisations et le statut des étrangers ; affilié aux loges de Salonique, il possédait dans toutes les Echelles du Levant des moyens d'investigation qui manquaient aux autres. Ses clients pouvaient compter sur les plaidoyers terribles de cet ancien bâtonnier qui se réveillait au bon moment pour assommer son adversaire.

M. Ventre, le Français, n'était pas le moins singulier des quatre conseils. Français, l'était-il encore ? On en pouvait douter tant son teint avait tourné au jaune, après quarante années de vie levantine. Son esprit aussi avait viré au vitriol, aiguisé par des milliers et des milliers de parties de poker avec des Orientaux pleins de ruse. Ancien greffier des tribunaux mixtes, aujourd'hui à la retraite, M. Ventre, qui avait fait son apprentissage parmi les margoulins des cabinets d'affaires de la Côte d'Azur, avait l'expression appliquée et patiente du pêcheur à la ligne dans un pays où l'amorce est chère et le poisson rare. Ce maigre bonhomme parlait toujours le sourire aux lèvres, une main tendue comme pour offrir du sucre et l'autre derrière son dos comme pour vous réserver une surprise de sa façon. Par une de ces complications byzantines que l'Occident ignore, M. Ventre laissait croire qu'il s'était fait musulman, ce qui lui valait la faveur du Palais royal, mais pour donner plus de vraisemblance à ce conte, il ne se rendait à la mosquée qu'en cachette, afin d'avoir l'air de dissimuler sa condition de renégat aux chrétiens ses frères.

Lazaridis, l'avocat conseil des négociants en tabacs, était un Grec éloquent et rusé, redouté des Juifs, des Arméniens et des Syriens eux-mêmes. Celui-là s'arrangeait toujours pour ne pas plaider, ayant découvert qu'un arbitrage est plus profitable à la défense qu'un procès. A cheval sur les principes, très marqué d'occidentalisme, il jouait la carte de la haute probité et passait grâce à cela, dans le monde anglo-saxon, pour un jurisconsulte de classe internationale. Cette austérité lui permettait d'être un des avocats les plus chers du monde. Chacune de ses visites coûtait au client une cinquantaine de mille francs. Sur ce trône d'or, ce Salomon rendait sa propre justice.

Me W.-W. Jacobson redressait sa petite taille jusqu'à une hauteur qu'il eût voulue nordique ; il mâchonnait sa moustache en brosse, insistant de tout son personnage sur sa nationalité britannique pour faire oublier qu'il était Maltais de naissance. Au-dessus de son col cassé et de sa cravate aux couleurs du *Motor-Club*, le Levantin réapparaissait dans les réflexes et il n'arrivait pas à se donner l'air bête. Me W.-W. Jacobson, qui s'était formé dans les conseils d'administration, avait une tête de beau menteur. Parfois cependant il sacrifiait à la vérité ; ces jours-là son avis était empreint d'une netteté, d'une science qui forçaient l'admiration de tous et le faisaient rechercher par la plus belle clientèle. Son influence politique était grande parmi les hauts fonctionnaires européens du Gouvernement.

Sept heures sonnèrent : Moïse, l'interprète de Cursitor, introduisit les avocats l'un après l'autre en traînant derrière eux ses babouches canari.

Le premier qui entra fut M. Ventre. La main tendue (celle de la bonne surprise), il salua le banquier de ces mots réconfortants :

— Le traité d'extradition qui, comme vous savez, traîne depuis deux ans a été paraphé ce matin.

— Ce n'est pas possible ! s'écria Cursitor. Ne m'aviez-vous pas dit que vous pouviez le faire ajourner indéfiniment ?

— Pour une fois, l'influence de mon brillant confrère, Me Lazaridis, n'a pas produit son effet.

— Mon cher confrère, répondit Me Lazaridis qui entrait, quand il s'agit d'Anglo-Saxons, j'ai pour règle de laisser faire Me Jacobson, bien plus compétent que moi...

— ... mais moins que notre illustre et vénéré bâtonnier, commença Me W.-W. Jacobson qui arrivait à ce moment en compagnie de Me Comedran.

Le bâtonnier se contenta de fermer les yeux sans répondre et se laissa tomber dans un fauteuil.

— Mais alors, je suis perdu ! cria Cursitor, effondré. On va me renvoyer en Amérique !

Un même sourire de pitié passa d'une bouche à l'autre. Lazaridis parla pour tous :

— Monsieur Cursitor, vous me permettrez, au nom de mes confrères et au mien propre, de vous dire que vous auriez bien tort de vous inquiéter : vous êtes en bonnes mains. Nous vous en avons donné jusqu'ici plus d'une preuve.

— N'oubliez pas, ajouta Ventre, que votre passeport était périmé et que Mr King...

— ... qui en tout ceci fait preuve d'une adresse que nous ne lui supposions pas... dit Lazaridis.

— ... due certainement aux conseils de Macaire, son drogman, compléta Jacobson.

— ... s'est arrangé pour vous le faire reprendre par les autorités, ce qui vous mettait dans l'impossibilité d'obtenir même un permis de séjour, continua Ventre. Or, ce passeport je vous l'ai fait restituer.

— Pardon, messieurs, dit l'interprète Moïse d'une voix fluette et polie. C'est moi que j'ai été prendre cette passeport dans la tiroir du ministre !

— Petit détail ! fit Ventre, agacé. Ce qui importe, c'est que la semaine dernière vous étiez sous le coup d'une expulsion par simple mesure de police pour non-visa de permis de séjour et qu'aujourd'hui vous êtes entré dans notre vie politique, si je puis m'exprimer ainsi.

— Certainement, renchérit Lazaridis. Hier, vous n'étiez qu'un individu. Demain, vous pouvez devenir un conflit diplomatique. Arrivé en fugitif, vous restez...

— ... ou vous partez...

— ... en puissance mondiale !

Cursitor leva la tête :

— Je ne suis qu'un pauvre vieil homme errant, persécuté par un Etat de cent vingt millions d'âmes. Partout on vend, on disperse mes biens. Pourrais-je seulement, messieurs, reconnaître comme ils le méritent vos immenses services ?

— Ne parlons pas de cela, sourit W.-W. Jacobson, très grand seigneur..., et qui connaissait d'ailleurs à un sou près le montant des comptes en banque de Cursitor.

— Une provision suffira, dit Ventre, Français prudent.

— Pour les Egyptiens, fit Lazaridis, vous êtes une victime de la tyrannie yankee.

— Et pour nous, vous êtes une curiosité de cabinet.

— Je dirai même une pièce rare dans la galerie des cas exceptionnels du droit international privé !

— Un veau à deux têtes juridique.

— Une monstruosité clinique...

— ... que nous allons opérer et guérir, renchérit Lazaridis.

Un rire général accueillit ces saillies, mais sans dérider Cursitor.

— Je voudrais bien, dit-il, que l'on commence à discuter sérieusement.

— A vos ordres, répondit Lazaridis. Je vous propose le plan stratégique que voici : nous allons contester la rétroactivité du traité. En d'autres termes, nous allons soutenir que votre mésaventure est antérieure à la signature de cet instrument et qu'il ne saurait par conséquent s'appliquer à votre cas.

Me Comedran ouvrit l'œil gauche.

— Mauvais, dit-il.

— Je demanderai, dit Jacobson, communication de la législation américaine sur les banqueroutes et je contesterai qu'elle soit valable pour le cas Cursitor.

— Bon, murmura le bâtonnier en se rendormant.

— Je doute que vous puissiez faire cela, dit Ventre. Le tribunal vous répondra qu'il n'a pas à juger le fond de la question mais simplement à statuer sur une demande d'extradition émanant d'une puissance étrangère.

— C'est Jacobson qui a raison, dit Lazaridis. Le traité d'extradition est ainsi fait que la puissance, si grande soit-elle, est tenue de fournir un commencement de preuve de la culpabilité de l'accusé. C'est là que nous les tenons.

— Je soutiendrai, dit Jacobson, que notre client, en faisant les virements de comptes qu'on lui reproche, a voulu protéger ses actionnaires.

— Mauvais, grogna Me Comedran.

— Voyons, mon bon ami, fit Ventre, vous ne

trouverez pas un tribunal mixte, composé d'Européens, pour approuver des distributions de dividendes fictifs et autres manipulations.

— Qui vous parle de tribunaux mixtes ? répliqua Lazaridis. Il va sans dire que nous porterons le procès devant les nouveaux tribunaux égyptiens.

— Bon, approuva le bâtonnier.

— Excellent, renchérit Jacobson.

— Vous oubliez qu'ils ne sont même pas constitués... Les capitulations viennent à peine d'être abrogées.

— Mr King nous a eus au démarrage en arrachant les signatures du traité, dit Lazaridis fièrement. Nous lui prouverons que nous avons autant de vitesse que lui dans les jambes, en obtenant la convocation d'urgence de cette nouvelle juridiction.

## EXTRAIT DU RAPPORT DU CHARGÉ D'AFFAIRES DES ÉTATS-UNIS AU CAIRE A SON GOUVERNEMENT

*17 août 193...*

*Il est de mon devoir d'avertir Votre Excellence que nous aurons beaucoup de peine à obtenir l'extradition de Cursitor. L'opinion publique et la presse, supérieurement bluffées et probablement arrosées par le fugitif, ne nous cachent pas leur hostilité. Cursitor, que ses partisans en Amérique déclarent ruiné jusqu'au dernier cent, fait ici figure de vieux Crésus assis au foyer d'un peuple libre. Il n'est bruit que de sa magnificence et au lieu de scandaliser, elle enthousiasme : il possède des milliards dans les banques de Londres et va les investir en Egypte ; il construira le quatrième barrage du Nil ; il commanditera le pays tout entier et le débarrassera des Anglais, etc., etc. Bref, Cursitor est un mythe oriental de plus.*

*Le prestige de notre adversaire est tel que quand, il y a quinze jours, j'ai réclamé, en vertu de la clause V du traité d'extradition, l'arrestation préalable du banquier et qu'il a bien fallu que le ministre de la Justice me l'accorde, cela a fait scandale. Mettre en cellule le Titan de Frederiksburg ! L'administration de la prison ne répondait plus de la solidité de ses grilles. Le personnel a passé la journée à pendre des tableaux aux murs, à mettre partout des fleurs et à faire du cachot ce qu'on appelle dans ces pays « une bonbonnière ». En pure perte d'ailleurs, car Cursitor s'est fait porter malade au* Semiramis *et nul n'a osé le tirer de son lit.*

*Les avocats du gouvernement américain, MM. Powel et Erikson, qui étaient arrivés ici il y a six semaines, pleins de confiance, commencent à douter eux aussi du succès.*

*Je ne manquerai pas de tenir Votre Excellence*

*au courant par câble de l'issue du procès qui est fixé au 29 septembre.*

Le soleil tombait d'aplomb sur l'océan des tarbouches rouges qui coiffaient les têtes des spectateurs entassés dans la salle d'audience. Quatre jours de débats, par une chaleur de haut fourneau, n'avaient pas lassé l'ardeur d'un public qui dévorait des yeux Cursitor assis à son banc, entouré de sa batterie d'avocats. Le quatrième de ces paladins, Me Ventre, venait de clore la quatrième péroraison de la quatrième plaidoirie. Ce tir de barrage verbal avait duré au total dix-huit heures.

Profitant d'une accalmie momentanée, Cursitor s'était levé et, adossé au box, parlait avec bonhomie à ses amis et connaissances ; ses façons affables et paternelles lui avaient gagné tous les cœurs dans cet Orient où les traditions patriarcales sont encore respectées. Très roublard, le banquier s'était aperçu que son âge, qui en Amérique était un handicap, constituait ici son meilleur atout et il faisait de son mieux pour se donner l'air centenaire.

La veille, cela lui avait été facile : véritablement, il n'en pouvait plus. Les incidents d'audience s'étaient multipliés. Ne sachant que l'anglais, il n'avait rien compris aux orageuses discussions qui éclataient à chaque instant entre la défense, le président et les juges, et même, mais à voix plus basse, entre ses propres avocats. Comme un sourd, il s'efforçait de lire sur leurs figures et, inaccoutumé aux violentes grimaces des Orientaux, il craignait tout le temps le pire et jetait un regard apeuré sur les gendarmes aux moustaches raides comme un sabre, sbires à têtes de palikares dans un uniforme de policeman. Les éclats de fureur alternaient avec les explosions de gaieté, si bien que Cursitor ne savait plus s'il vivait une tragédie shakespearienne ou un vaudeville.

Le moment le plus dramatique avait été celui où Lazaridis, emporté par la passion juridique au point de sacrifier provisoirement les intérêts de son client, s'était lancé dans une joute de droit pur, s'employant à démontrer l'incapacité du législateur américain « dont la loi sur la banqueroute n'était même pas conforme à la constitution des Etats-Unis ».

Le président l'avait rappelé à l'ordre :

— Nous ne sommes pas ici pour juger de la constitutionnalité des lois américaines, n'ayant pas été chargés par les Etats-Unis de corriger leur code.

Cette phrase à double tranchant avait déchaîné la salle.

Aujourd'hui, tout était au calme.

Ventre se rasseyait sous des applaudissements mesurés ; dans le silence rétabli, l'avocat général commençait son réquisitoire. Cette fois Cursitor n'eut pas besoin de savoir l'arabe ni de recourir à Moïse pour comprendre que ce discours, psalmodié sans conviction pendant deux heures sur un ton ennuyé, avait endormi tout l'auditoire.

Enfin la voix monotone se tut. On vit alors, au banc de la défense, une énorme masse se dresser lentement ; le bâtonnier Comedran sortait de sa torpeur : les yeux mi-clos, il enfla ses poumons, se déplia comme un parasol et, avec un bruit de marée montante entrant dans une grotte, demanda la parole.

Il fut éloquent, il fut étonnant, il fut terrifiant. Les larmes coulaient sur le visage de Cursitor tandis que son défenseur l'appelait « le bienfaiteur de l'ingrate Minnesota » et qu'il adjurait l'Egypte d'accepter les services « de ce Léonard de Vinci de la finance attiré par le rayonnement de l'Islam ».

— Non, messieurs les juges, clama le bâtonnier en finissant, non, vous ne ferez pas cette tache ineffaçable à l'honneur égyptien, vous ne livrerez pas l'hôte vénérable et pitoyable qui a cherché asile au pied des Pyramides ! Voulez-vous donc avoir l'air d'un petit pays qui cède à la pression d'une grande puissance ?

— C'est cuit, souffla Macaire à l'oreille de Mr King ; nous avons perdu le procès.

Des mouchoirs agités au-dessus des tarbouches, une tempête de hurrahs, de « Vive la justice égyptienne ! », des éclairs de magnésium, une foule vociférante de fellahs édentés, de sombres Coptes, des casques coloniaux, des sabres et des ombrelles brandis avec enthousiasme, des yeux brillants, des bouches grandes ouvertes, c'est dans cette apothéose judiciaire que Cursitor, remerciant ses juges, serrant des mains, souriant aux photographes et subitement rajeuni de quarante ans, sauta dans sa grosse limousine.

Le chargé d'affaires d'Amérique montra du doigt le gratte-ciel de paperasses qui écrasait son bureau.

— Toute la procédure d'extradition, dit-il, témoignages, preuves et conclusions. Nous avons monté ce canon sur plate-forme pour tuer une mouche...

— ... et elle vole encore, répondit Macaire. Votre Excellence ne me croira pas si je lui dis que ce faux moribond de Cursitor qui, depuis deux mois, n'est sorti de son sanatorium que pour se faire porter en civière à l'audience, dès dix heures ce matin s'est précipité tout gaillard au *Continental* pour assister de loin, d'un air provocant, au départ des avocats américains.

— Vous ne m'étonnez pas du tout ! Le soir de son acquittement on ne voyait que lui au *Shepheard's*, promenant ses télégrammes de félicitations et savourant chaque poignée de main avec une extrême satisfaction, dit Mr King, aigrement.

Il jeta un coup d'œil mélancolique sur son traité d'extradition, arme inutile désormais, glaive brisé, brisé comme son avenir diplomatique, peut-être...

— Le Département d'Etat devrait nommer Cursitor à ma place ! Cela ferait hurler d'enthousiasme les étudiants d'El Azhar, les crieurs de journaux de l'Ezbekieh et pleurer de joie les femmes voilées dans les palais clos. La propagande américaine serait en bonnes mains ; quel virtuose ! Il manœuvre ce peuple par ses vertus de fierté, de courage et d'hospitalité comme il manœuvrait les politiciens de Frederiksburg par leurs vices. Il visite les musées et les fouilles ; les journaux le montrent offrant des cigares aux policiers, déposant des fleurs sur la tombe de Zaghloul Pacha.

— Oui, fit le drogman, on dit même qu'il va

organiser un festival d'art et monter *Aïda* dans la salle hypostyle de Karnak.

— En attendant, Macaire, savez-vous la dernière nouvelle ?

— ...

— Les Etats-Unis ont dénoncé le traité d'extradition. Voici le télégramme arrivé cette nuit.

— Ça, s'écria Macaire, c'est un coup pour l'Egypte qui tient beaucoup à son traité.

— Est-ce qu'elle tient aussi à vendre ses cigarettes ? Car d'ici deux jours elle va apprendre que cet article est sévèrement contingenté aux Etats-Unis !... Et ce n'est qu'un commencement...

— Je félicite Votre Honneur pour ces excellentes mesures de représailles, dit Macaire qui en était le véritable auteur, les ayant suggérées à son chef sans en avoir l'air.

En Amérique, la presse répétait comme un mot d'ordre : victoire à la Pyrrhus. Les Etats-Unis ne se tenaient pas pour battus dans ce conflit armé où le territoire contesté était Cursitor. Talonné par la meute des petits déposants écorchés vifs et qui criaient après leurs sous, le gouvernement américain tombait de tout son poids sur son chargé d'affaires, le faisant basculer sur le gouvernement égyptien.

Désormais chauffé à blanc, sa combativité et sa ténacité en pleine forme, Lyons King ne quitte pas les ministres, les assaille de sollicitations, de protestations, de réclamations, de menaces voilées et de francs ultimatums. Un mot du subtil Macaire a mûri dans son esprit : extrader, c'est du droit, mais expulser ce n'est que de la police. Par l'enfer, il fera expulser Cursitor, il aura sa vieille peau ! Déjà les trois quarts du cabinet sont convaincus de la nécessité de se débarrasser du banquier. Seule l'opinion publique ne s'est pas encore aperçue que sa présence nuit aux intérêts égyptiens. Le ministre osera-t-il braver l'opinion publique ? se demande cent fois par jour le chargé d'affaires.

Macaire, lui, se ruine en cierges à la grande église copte de saint Macaire, son patron.

Le 14 octobre, à sept heures du matin, bouleversant le protocole et ses propres habitudes, le drogman entrait dans la chambre à coucher de son chef et déposait sur son lit l'*Indépendant du Caire*, le plus important des journaux égyptiens.

En première page s'étalait un Cursitor énorme représenté en bœuf Apis tenant entre ses sabots le ministère prosterné, et au-dessous, cette légende :

LE VEAU D'OR A GRANDI

— Il n'y a pas que cela, dit Macaire ; veuillez jeter les yeux, Excellence, sur le *Courrier du Nil*, sur l'*Himerini* d'Alexandrie, sur l'*Eclaireur d'Heliopolis* et sur l'*Egyptian Standard*. Partout, plus ou moins la même note. Voyez...

Mr King desserra les mâchoires :

— A présent, dit-il, le ministre va pouvoir marcher. Nous tenons Cursitor.

Au bout d'une allée de palmiers, dans une chambre de la clinique Wasserbach qui abrite sous l'ombre sèche d'un bois d'eucalyptus ses pavillons d'isolement couleur de terre cuite, un moribond repose, les draps tirés jusqu'aux narines, plus immobile qu'une momie.

A présent, quand Cursitor a besoin de sommeil, plus n'est besoin de chasser de sa chambre la foule qui lui faisait sa cour, l'entourant affectueusement le jour de sa fête pour le voir souffler les soixante-cinq bougies du gâteau. Dans cette ménagerie de badauds et d'amis intéressés, la débandade s'est mise ; il ne reste que les plus tenaces : la dame qui a vu en rêve qu'il allait doter sa fille et le coiffeur qui continue à réclamer l'honneur de le raser gratis.

Deux semaines ont passé depuis qu'un arrêté d'expulsion a été placardé à la porte du banquier. L'Egypte ne veut plus de Cursitor, mais Cursitor est toujours là... comme les Pyramides. Les sommités médicales du Caire l'ont déclaré si gravement atteint que le moindre mouvement brusque, la moindre émotion peuvent lui être fatals. L'opinion publique s'est émue de pitié et, dans un esprit d'humanité, le gouvernement a accordé huit jours, puis encore huit jours, de sursis.

Le délai expire demain.

— Il ne partira pas, disait Lyons King. Je connais mes compatriotes : l'Egypte l'a laissé se cramponner à son cou comme le vieil homme de la mer dans *Sindbad le Marin*, et maintenant elle en a pour la vie.

— Patience, Excellence, répondait Macaire, il partira.

Les sarcasmes de son chef le piquaient au vif ; son pays perdait tout prestige à ses yeux : se laisser rouler ainsi par les roublardises d'un Américain, d'un presque-Anglais ! Quelle honte ! Macaire n'en dormait plus. Tous les soirs, en rentrant du bureau dans son petit garni de Gesireh, il notait sur son carnet les phases de l'affaire Cursitor.

En voici quelques extraits :

« *25 octobre.*

« Sur l'insistance des professeurs Caracola et Grafenstein, le sursis de Cursitor a été encore prolongé de six jours !

« *M. Cursitor*, dit le journal, *a pu avec beau-*

*coup de peine soulever la tête et d'une voix éteinte remercier la personne qui lui apportait cette heureuse nouvelle.*

« Moi, je tiens de source sûre (le garçon d'étage du pavillon) qu'aussitôt le visiteur parti, Cursitor a passé une robe de chambre et, tout en faisant les cent pas pour prendre de l'exercice, a examiné avec Moïse, le plus calmement du monde, la situation des différents secteurs de son front de bataille contre nous. »

« *27 octobre.*

« Le ministre de l'Intérieur, que mon chef a vu hier, tempête, fulmine et jure qu'il attachera à la personne de Cursitor son propre médecin chargé de lui rendre compte de l'état du malade. La sincérité du ministre ne peut être mise en doute ; le cabinet n'a qu'un désir, c'est de se débarrasser de ce protégé gênant qui compromet les bonnes relations égypto-américaines. Mais que, d'aventure, la Faculté ait dit vrai et que le vieillard meure des suites de l'expulsion, aussitôt l'opposition se déchaînera contre un gouvernement coupable d'avoir envoyé à la mort un hôte de l'Egypte et l'accusera d'être à genoux devant l'étranger. »

« *30 octobre.*

« L'agent B. 72 prétend savoir que Cursitor, qui est sous le coup de son troisième décret d'expulsion, va obtenir, grâce à Me Jacobson, son transfert comme grand malade dans une luxueuse clinique d'Héliopolis. Si c'est vrai, voilà pour lui six mois, un an peut-être, de tranquillité assurée. »

« *31 octobre.*

« Cette fois, nous marquons un point. Le gouvernement a délégué deux médecins pour examiner Cursitor et voir s'il était en état d'entreprendre un voyage. Dans l'affirmative, l'encombrant failli sera sommé de vider les lieux dans les vingt-quatre heures. »

« *5 novembre.*

« Les médecins se sont enfin décidés à déposer leur rapport. Cursitor n'a qu'une légère attaque de goutte. Rien ne s'oppose à ce qu'on l'embarque. »

« *6 novembre.*

« Cursitor n'a pas même commencé ses malles ! Et il devrait être parti dans trois quarts d'heure !

« Levée de boucliers de la presse d'opposition, naturellement. Les journalistes se sont frayé un chemin jusqu'au chevet du banquier et font du « pitoyable Cursitor » le plus pathétique tableau : pâleur livide, poches sous les yeux, respiration saccadée ; à les entendre, la fin est proche ; seul un « gouvernement d'assassins » pourrait songer à chasser cet agonisant. L'obstination des Etats-Unis à traquer « un pauvre vieillard sans défense » révolte l'opinion du monde civilisé, etc., etc... »

« *7 novembre.*

« Le ministre de l'Intérieur n'ose pas se rendre ridicule en accordant un cinquième sursis ; il préfère se borner à fermer les yeux : Cursitor ne sera plus inquiété jusqu'à sa guérison complète... A Pâques ou à la Trinité !... »

« *10 novembre.*

« Le *National* d'Alexandrie, dont j'ai de bonnes raisons de croire qu'il puise ses inspirations aux Affaires étrangères, s'étonne que l'affaire Cursitor attende encore sa solution et demande à connaître les motifs pour lesquels on garde chez nous une personnalité aussi indésirable. Evidemment, le ministre des Affaires étrangères prend position contre son collègue de l'Intérieur. »

« *13 novembre.*

« Enfin ! Le gouvernement a signifié ce matin à Cursitor l'ordre d'avoir à quitter l'Egypte au plus tard le 15 novembre au matin. Un fonctionnaire de la police viendra le chercher à la clinique et le mettra au bateau. »

« *14 novembre.*

« Les journaux s'émeuvent, publient des interviews des cinq médecins traitants et consultants. Tous s'accordent à déclarer que Cursitor est non seulement intransportable, mais encore à toute extrémité ».

« *15 novembre.*

« Coup de théâtre : ce matin, quand les agents

se sont présentés à la clinique, ils n'ont trouvé personne : Cursitor s'était envolé !

« Impossible de savoir où il est ni comment on l'a escamoté sous le nez de la police. Le personnel, arrêté, a été mis au secret et interrogé pendant vingt-quatre heures, des télégrammes sont envoyés dans tout le pays, à toutes les frontières et à tous les ports.

« C'est un esclandre prodigieux ! Un revirement brusque de l'opinion. Un scandale qui risque de tourner à l'émeute ! Une émeute qui peut dégénérer en révolution, en guerre civile, en guerre étrangère, peut-être !

« Que vont penser, dire et faire les Etats-Unis ?

« J'allais écrire ceci : « Que va leur répondre le ministre de l'Intérieur ? » lorsque la radio annonce qu'il vient de donner sa démission.

« C'est la fin du cabinet Iman Pacha, la fin d'un règne. Une page de l'histoire de l'Egypte est tournée. »

« *16 novembre.*

« Il existe un proverbe oriental qui s'applique très bien au cas Cursitor : « Celui que tu ne laisses pas mourir ne te laisse pas vivre. »

## V

La disparition de Silas Cursitor, « le Fregoli de la finance », comme l'appelaient les journaux, intrigua l'Egypte pendant quarante-huit heures ; puis Moïse commença à succomber sous le poids d'un secret d'autant plus difficile à garder qu'il était glorieux, et de la bouche lippue de l'interprète, noire comme un puits, sourdit la vérité sur le sort du maître. Non, le banquier ne s'était pas évanoui en fumée ; cette fumée eût laissé sa trace dans le ciel d'Egypte ; non, il n'avait pas déposé une seconde fois ses habits et son bilan sur le bord d'un lac ; non, il ne s'était pas envolé dans les airs : tout simplement il voguait sur un cargo tunisien ; Moïse avait découvert dans la rade d'Alexandrie ce bateau qui était disponible jusqu'au retour de son chargement de pèlerins marocains partis pour La Mecque, et il l'avait frété sous un faux nom pour son patron.

Dans la nuit qui précéda la visite de la police,

un Cursitor barbu, ventru, maquillé, teint et déguisé en vieux marin par les soins de Moïse, avait sauté le mur du jardin de la clinique, gagné Alexandrie en automobile, pris un canot dans l'avant-port du Mex, où le *Tabarka* attendait sous pression et un quart d'heure plus tard se glissait hors des eaux égyptiennes.

Moïse n'avait pas fini de parler que la police et les reporters de toutes nationalités se lançaient sur les traces du fugitif. La Méditerranée après tout n'était qu'une petite province ; en un clin d'œil tous les ports furent alertés, tous les promontoires hérissés de guetteurs, tous les ciels criblés de radios.

Alors, il fallut constater cette chose invraisemblable : la disparition totale du *Tabarka*.

Décidément, Cursitor cumulait tous les mythes wagnériens. Assis sur l'Or du Rhin, coiffé du Casque-qui-rend-invisible, il naviguait maintenant sur le Vaisseau Fantôme.

Une semaine passa sans apporter de nouvelles du *Tabarka*. Aucune police, aucun navire de guerre, aucun sémaphore n'avait signalé le navire tunisien et son chargement mystérieux.

Toutes les hypothèses furent envisagées, toutes les explications proposées, toutes sauf la vraie : depuis huit jours le *Tabarka* tournait en rond !

Le premier jour, le cargo était parti très vite dans sa hâte d'arriver à Tanger ; rapide et léger — car il ne portait pour tout fret qu'un dieu tombé — il dansait haut sur les flots ; le vent soufflait du nord-est en tempête et le roulis se faisait de plus en plus violent ; mais sur le pont, petite silhouette enveloppée dans un ulster de voyage, Cursitor tenait bon et, les lunettes au cou comme un commandant de batterie qui règle le tir, regardait avec quelque émotion s'éloigner ces rivages où il eût bien volontiers passé le reste de sa vie. L'idée du bon tour qu'il avait joué aux Américains, aux Egyptiens, à la police, aux journalistes, à la terre entière, lui dilatait le cœur. Il n'en finissait pas de se demander comment ces gens-là avaient pu le croire assez naïf pour obéir aux injonctions ministérielles et se laisser embarquer au vu et au su de tous sur un bateau connu et repéré et qui, bien entendu, à peine hors des eaux territoriales égyptiennes, ne pouvait manquer d'être arraisonné et probablement capturé par des détectives américains qui ne reculaient devant rien ; déjà Cursitor en avait vu rôder, au Caire, de ces faces sinistres, à voix grasseyante et à puissantes bajoues, de ces ravisseurs professionnels au service de ses ennemis politiques ; il leur avait brûlé la politesse. A présent, sur son fidèle *Tabarka*, avec du charbon, de l'eau, des vivres pour plusieurs semaines, il pouvait aller où bon lui semblait, éviter les ports, fuir devant les navires suspects, débarquer enfin sans encombre dans l'un des trois ou quatre refuges, non atteints par cette épidémie de traités d'extradition, que lui avaient indiqués ses avocats.

Le déjeuner avait été parfait, les macaronis à la grecque, les entremets au miel et aux amandes, exquis ; Cursitor le malade ne se privait de rien et n'ouvrait même plus sa petite boîte en or pleine de pilules. Il souriait continuellement, interrogeait les officiers sur les ressources et les possibilités financières du Maroc, s'amusait à les étonner par sa mémoire prodigieuse. L'un d'eux lui faisait un discours en portugais qu'il répétait mot pour mot sans savoir cette langue. Les poumons pleins d'air iodé, indemne du mal de mer, il était agile comme à trente ans. Au coucher du soleil, le temps s'était éclairci et la mer était rose comme une femme nue adossée à une cheminée et qui reçoit sur les cuisses les reflets des flammes.

C'est en cette heure de pleine béatitude qu'un premier incident bouleversa Cursitor.

Dans le champ de sa jumelle avaient surgi une cheminée, puis deux · un navire s'approchait assez rapidement. Fort inquiet, Cursitor interrogea le capitaine.

— Si ce bateau inconnu était envoyé pour donner la chasse au *Tabarka* ?

Il crut distinguer le fanion bleu à étoiles blanches de la marine américaine et se figura que sa dernière heure était venue. Terrifié, il donna ordre d'arborer le drapeau siamois, puis se sauva dans sa cabine, déchira des lettres à tort et à travers, remonta en rampant sur le pont et alla se cramponner au bras du second officier. Le bateau était toujours là et même de plus en plus proche. Cursitor, complètement désemparé, faillit s'évanouir. Il pleurait, buvait verre sur verre d'eau minérale. Enfin, n'y tenant plus, au comble de l'anxiété, il donna l'ordre de dérouter le *Tabarka* et de mettre le cap sur Suez.

C'est à ce moment que commença cette navigation burlesque, tout en sillages erratiques, qui rendit momentanément célèbre le *Tabarka*. De continuelles discussions éclataient entre Cursitor et le capitaine tunisien, brave homme pourtant, plein de respect et d'égards pour son vieil affréteur ; mais il perdait patience devant ces ordres et contre-ordres qui l'obligeaient à ralentir, accélérer, zigzaguer, louvoyer et bourlinguer pour ne s'arrêter nulle part.

— Allons au Yémen, disait le banquier ; c'est un pays pour moi ; je suis informé que le roi m'accueillera avec plaisir si je paye la motorisation de son armée. Machine arrière, capitaine.

— Mais, monsieur Cursitor, nous allons être pris dans le canal de Suez comme dans une souricière !

— Non, non, s'obstinait Cursitor, très matamore, fendant l'air de ses menaces. Obéissez ! Je l'ordonne.

Quelques heures après, il redevenait une

femmelette en débâcle et consentait à laisser diriger le *Tabarka* sur Tanger.

Quand il fallut passer entre Malte et la Sicile, par ce chenal où il est difficile à un navire de n'être pas aperçu des stations côtières, le proscrit perdit courage. Blême, anéanti, il supplia le capitaine de rebrousser chemin vers la Tripolitaine.

Mais le lendemain, comme prenant de l'élan pour mieux sauter, il se ravisait et faisait mettre le cap sur Pantelleria. A peine en vue de l'Etna, ses frayeurs revenaient.

Sous un maître hésitant et peureux, le bateau se dérobait à nouveau devant l'obstacle. Docilement, le *Tabarka* reflétait l'humeur de son patron, et le patron, tantôt prostré et tantôt furieux, ne pouvait se décider à dessiner sur les flots, heureusement redevenus calmes par un magnifique ciel de novembre, d'autre tracé qu'une spirale.

Cinq jours restaient encore jusqu'à l'expiration du contrat d'affrètement. Cursitor ne l'ignorait pas ; l'idée lui était venue tout à coup que l'équipage, dont il devinait le mécontentement croissant, pourrait se débarrasser de lui en le déposant à terre. A chaque instant, il se précipitait sur le pont pour surveiller la manœuvre et courait supplier le capitaine de ne pas l'abandonner. Le Tunisien, excédé par cet encombrant passager, avait imaginé, pour s'en débarrasser, de lui faire peur en lui signalant l'approche de quelque patrouilleur ; aussitôt Cursitor s'engouffrait dans sa cabine et, pour un temps, on n'en entendait plus parler. Mais le danger passé, sa tête ridée, effarée, plus singulière encore sous le henné de ses cheveux teints, réapparaissait sur le pont et il proposait un nouvel itinéraire vers l'Abyssinie ou Zanzibar.

— Si j'ai un conseil à vous donner, Monsieur Cursitor, c'est de vous cacher au plus vite. N'oubliez pas que nous vous passons en fraude, comme un stupéfiant ; je crois apercevoir à bâbord un mât tripode...

Les mâts tripodes et autres épouvantails se multiplièrent si bien que les alarmes de Cursitor ne cessèrent plus. A la police navale égyptienne, aux injonctions maritimes grecques, succédèrent les vigies italiennes, les stations françaises, les signaux espagnols, les commandements radiotélégraphiques anglais, les menaces d'arraisonnement portugaises, les possibilités de semonces américaines, bref tout ce que l'esprit fertile du capitaine inventait heure par heure, pour pouvoir faire le point sans voir Cursitor tirer par la vareuse l'officier de quart et naviguer quelques jours encore sans que le banquier surgisse comme un fou sur le pont, suppliant qu'on n'interrompe pas ce périple insensé autour du néant.

Il avait réussi, car Cursitor ne se montrait plus jamais sur la passerelle.

Enfermé dans sa cabine, il monologuait avec égarement devant sa mappemonde :

— S'ils me débarquent en Italie ou en France, je serai arrêté. J'ai brassé des centaines de millions, travaillé avec Roosevelt, créé des stades et des opéras et je vais périr pour quelques dollars soi-disant dilapidés... Je payerai le *Tabarka* double... triple... Il y a encore du charbon, mais presque plus d'eau... Faudra-t-il aller jusqu'en Guinée portugaise pour trouver à boire ?... Non, les Anglais sont puissants à Sierra Leone... Libéria ? Ces nègres libres ne vivent que de l'argent américain !... Qu'est-ce que c'était que ce papier caché dans la main du commandant ? Un radio sûrement... L'ordre de me livrer ! J'ai voulu le lui arracher, l'autre officier s'en est mêlé. Je suis entré dans une colère épouvantable. Mais que faire, seul ?... J'ai toujours été seul... trop seul. Mes fondés de pouvoirs ont déposé devant le tribunal : « Nous n'étions pas renseignés avec cet homme silencieux qui ne parlait jamais... »

« Je l'ai bien perdue, ma face de poker et mon silence... J'en appellerai aux matelots... Mais quoi ! Ils espèrent probablement toucher une prime pour ma capture ? Ils vont me crier : « Vous êtes un damné criminel !... »

A la fin de la deuxième semaine, le nocher tunisien stoppa de sa propre autorité, orna son mât d'un pavillon jaune et annonça à son hystérique colis qu'on était arrivé à bon port, c'est-à-dire devant Tanger, et que c'était une chance, car les soutes étaient vides de charbon.

# VI

— Je ne descendrai pas ! criait Cursitor.

Il arpentait les déclivités du *Tabarka*, son revolver à la main, l'air sombre, jetant autour de lui des regards soupçonneux.

— Et si mes avocats d'Egypte m'avaient trompé ? Ou qu'ils aient été mal renseignés ? Si Tanger n'était pas vraiment une ville internationale ? Si on allait m'arrêter ?... Non, je ne descendrai pas ! gémissait-il.

Il descendit ; il toucha terre, si on peut dire, car, au sein de la foule accourue à sa rencontre, il fut porté en triomphe par une délégation d'hommes de loi alertés par ses conseils d'Alexandrie et du Caire, et déjà prêts à faire fortune aux dépens de l'Américain en exil. Des gandourahs corail, gorge-de-pigeon, pistache, bouton-d'or, réveillaient la masse sombre des caftans en poil de chameau, des rugueux tissus berbères ou chleuhs, des vestons européens, pressés autour de l'omnibus qui l'emmenait à l'hôtel *El Minza*.

Arrivé dans sa chambre, Cursitor, déjà presque consolé par cette réception, courut à la fenêtre pour contempler ces fameuses colonnes d'Hercule dont il avait tant entendu parler ; en vain il chercha le porche légendaire qui ferme l'Ancien Monde et ouvre sur un océan sans fin, tombeau de la fortune Cursitor comme de l'Atlantide. Déçu, il retourna à sa table où l'attendait Me Plumono, le correspondant tangérois du bâtonnier Comedran, la main posée sur une énorme pile de dossiers.

— Votre défense est prête, monsieur Cursitor, déclara-t-il. Nous allons commencer...

— Nous allons commencer par visiter la ville, répondit Cursitor. Je veux voir pour comprendre et je veux comprendre pour agir.

Me Plumono s'attacha à ses pas.

— Tanger fut un nid de corsaires, commença-t-il...

— Je croyais qu'il l'était encore, répondit en riant le banquier, tout heureux de circuler librement dans une ville libre.

— Tanger jouit d'un climat juridique exceptionnel. Ville internationale, la justice y est rendue par le sultan, donc par les Marocains, mais surtout par les Français, par les Espagnols, par les Italiens et par les Anglais.

— Voilà trop de gens occupés à condamner leur prochain.

— Pour ceux qui sont de cet avis, la zone

française n'est pas loin, et la zone espagnole plus près encore.

— Vous me garantissez toute extradition impossible ?

— Absolument, répondit Me Plumono.

Cursitor s'amusa des femmes drapées allant à la fontaine, un seul œil noir en haut, et en bas des babouches rouges. Les cubes des murs portaient en sautoir leurs bougainvillées ; derrière les portes voûtées, au bout des bleus couloirs de faïence, des patios à l'espagnole descendaient jusqu'au fond des maisons, vraies citernes de lumière. Entre les eucalyptus, des monts violets, légers comme l'ombre d'une ombre, s'élevaient au-dessus de la mer.

— Le cap Spartel.

Au bas des remparts, sur la route de Tétouan, des ânes rapides dépassaient les lents chameaux, montés par des Israélites à fez noir dont les jambes sèches comme des ceps pendaient entre des outres de peau.

Ils arrivèrent à une petite place pavée de galets, abritée derrière les anciens parapets sarrasins dont la blancheur tranchait sur le ciel bleu : dans un mur de chaux, des alvéoles grillagés s'ouvraient sur des cachots nus, au lit de briques crues, avec des chaînes de galériens scellées dans la pierre.

— La prison, fit Me Plumono.

— Diable !

— Les prisonniers sont nourris à travers les barreaux.

— Et qui les nourrit ?

— La charité publique.

— Je vous remercie de cette jolie promenade, répondit Cursitor assombri.

A l'hôtel où le banquier flânait dans le hall, se traitaient vers midi toutes sortes d'affaires, depuis la fourniture de triptyques à des autos américaines, leur permettant de rouler en Europe sans payer de droits, jusqu'à la confection de contrats de mariage clandestins par des notaires marocains enturbannés de mousseline blanche qui descendaient de mules harnachées de rouge.

Vivant à l'abri des règlements spéciaux de son dahir, abritant Espagnols, Français, Allemands, Russes, Anglais, Portugais, Maures et nègres, Tanger, fière de son statut exceptionnel, apparaissait à Cursitor comme le havre souhaité. Entre les nations, à travers les codes, par-dessus les procédures, tout un monde de fondés de pouvoirs, de signataires par procuration, de ténébreux *businessmen* déguisés en touristes, d'avocats consultants, de parasites et d'officieux de tous ordres gagnaient leur vie de cent façons et trouvaient toujours leur chemin vers le Tribunal suprême, haut comme la Tour de Babel, qui dominait cette cité sans pareille, fille de l'Acte d'Algésiras, étrangement perchée à l'extrémité de l'Afrique et des lois.

Hélas ! Huit jours après l'arrivée de Cursitor à Tanger, les Etats-Unis demandaient au Tribunal Mixte l'expulsion du banquier.

— Du courage, mon cher client : nous jouons sur le velours, dit Me Plumono, quand cette nouvelle s'abattit sur la tête de Cursitor. Le tribunal, seul compétent à l'égard des étrangers, se compose d'un Français, d'un Anglais, d'un Espagnol et d'un Belge. Je puis vous dire qu'ils sont très divisés sur votre cas : le Français veut appliquer le code sur la condition des étrangers ; l'Anglais, le code de procédure civile ; l'Espagnol, le code des obligations et contrats ; le Belge réclame le code pénal ; le procureur enfin estime que, puisqu'il s'agit d'une faillite, c'est le code de commerce qui doit avoir force de loi. Vous voilà donc aussi protégé contre la justice de Tanger que vous l'êtes du soleil par ce grand chapeau kabyle en paille tressée, orné de pompons jaunes.

— Etes-vous sûr que je n'irai pas dans la cage aux singes ? demanda Cursitor anxieux, en interrogeant la figure bleue de sa vieille amie la mer. Ne ferais-je pas mieux de m'enfuir au plus tôt à Madère ou dans le nouvel Etat du Vatican, avec le faux passeport que le portier de l'hôtel s'offre à me procurer ?

— Certainement non. Tanger est un ulcère cosmopolite, une création abstraite des professeurs de droit international public et privé ; chaque nouveau microbe le fait suppurer...

— Mais en admettant que le tribunal se mette d'accord ?

— Il ne peut donner qu'un avis. Seul, le représentant du sultan peut vous expulser. D'ailleurs, il n'est pas forcé d'obéir au tribunal.

— *Inch' Allah !* comme disait Moïse, soupira Cursitor, un peu rassuré.

Deux semaines plus tard, le tribunal et le sultan s'accordaient sur l'extradition. Cursitor n'eut que le temps, pour échapper aux spahis rouges du tabor tangérois, de sauter avec son faux passeport dans un avion à destination de la France.

## VII

Descendu d'avion à Toulouse avec une malle de dossiers emportés à la hâte, Cursitor sortit aussitôt de France et se dirigea sur le Grand-Duché de Luxembourg, que son avocat Me Plumono lui avait indiqué comme le dernier refuge possible.

L'alouette chantait. Non sans orgueil Cursitor fit son entrée par une belle matinée d'hiver dans ce qu'il croyait être le plus petit Etat du monde. Habitué depuis son enfance au *largest in the world*, l'Américain s'exaltait, cette fois à rebours, devant le *smallest on earth* : il s'émerveillait, comme un éléphant se mirant dans une glace de poche. Cette nation abrégée, traversée en quelques minutes, lui rappela ce minuscule chef-d'œuvre d'horlogerie que Mrs Cursitor portait dans une bague. Les Luxembourgeois, loin d'être à l'échelle du pays, lui semblèrent solides et puissants de carrure et quand il pénétra dans le hall du vieil *Hôtel de la Crosse d'Or*, il vit que la table d'hôte, avec ses nourritures lourdes et rassurantes, n'avait rien de lilliputien.

Le Luxembourg, microcosme d'Empire, était cependant une vraie patrie et non un de ces territoires amorphes trempant dans une sauce internationale, comme Tanger. Cela mit Cursitor à son aise. Il s'inscrivit sous son vrai nom, jeta ses bagages dans sa chambre, télégraphia en chiffres à sa femme, via Londres, alluma un gros cigare, ce qui lui était défendu, et héla une voiture à deux chevaux. Bientôt il enjambait le Pont Adolphe et gagnait la campagne, mais à petite allure, car autrement il eût atteint les frontières de l'Etat aussitôt après avoir quitté sa capitale.

Pour la première fois depuis longtemps un sentiment de bien-être le décontracta, lui assouplit l'échine, amollit sa chair bilieuse ; ses muscles et ses nerfs tendus par la lutte lui semblaient durs comme des os, comme un second squelette dont il portait le poids depuis trois mois. Aujourd'hui ils reprenaient leur jeu léger et articulé. L'avenir était une côte facile à monter. Le passé restait encore à liquider. Comme au Caire, comme à Tanger, il lui fallait s'attendre à voir la Justice américaine apparaître et venir frapper demain de son gros doigt à la porte du plus petit Etat d'Europe. Mais les petits Etats ne sont pas les plus faibles ; ce sont même les plus rageurs et ils ne détestent pas les guerres de procédure, ne pouvant s'en offrir d'autres. Il n'était pas dit que le Luxembourg n'entendrait pas évoquer, comme l'Egypte, l'ensemble du procès. En ce cas, une évasion apparaissait possible et même probable à Cursitor qui, tout en déjeunant, avait fouillé le code et constaté en un clin d'œil que les lois américaines ne pouvaient pas s'identifier à celles du Luxembourg ; ce que le Minnesota appelait banqueroute, ce pays-ci, en trois ou quatre cas, le nommait faillite. L'avocat général américain en serait pour ses frais s'il venait mettre le siège de Cursitor devant ce vaillant fortin de liberté qui en avait soutenu bien d'autres et contre de bien plus grands monarques.

— Suis-je bien dans l'Etat le plus petit du monde ? avait-il demandé au portier de la *Crosse d'Or*.

— Non, monsieur, il y a plus petit : la République de Saint-Marin, la République d'Andorre et Monaco. Mais ici nous sommes des gens libres, ajouta fièrement le concierge à l'habit brodé de clés dorées.

— Qui donc règne à Andorre ?

— La France, pratiquement.

— Et à Saint-Marin ?

— L'Italie.

— Et à Monaco ?

— Monaco est libre, mais en fait on vit sous l'œil des deux grandes puissances.

— A la rigueur, Monaco pourrait être mon

dernier asile ! pensa Cursitor. Mais Monaco n'aime pas les gens ruinés.

Les bois fermés et noirs des Ardennes s'effondraient dans les lits des rivières jumelles et remontaient de l'autre côté à l'assaut des crêtes. La caserne, les trois poudrières, les fortifications espagnoles à angles saillants ou flanqués, posées sur des souterrains verdis qui s'enfonçaient en galeries imprenables sous le Château, tout le Luxembourg parlait de retranchement et de résistance. Cette architecture militaire des anciens temps, cette acropole blindée de calcaire et à ses pieds ces fossés casematés rassuraient physiquement le banquier. Quand sa voiture, au retour, eut franchi le pont du Château et qu'il eut découvert le parc public et ses arbres dont le vent arrachait les dernières feuilles, qu'il eut salué de la main comme un vieil ami le Palais grand-ducal débonnaire et attendrissant, qu'il eut entendu enfin la musique sur la place d'Armes, à l'heure du goûter, jouer le *Trouvère*, il ne douta plus de l'hospitalité du Luxembourg et accepta sans déplaisir l'idée d'y acheter une propriété, d'y faire venir Mrs Cursitor et d'y finir ses jours.

Silas Cursitor, ayant dîné de bon appétit et bu une demi-bouteille de Rudesheimer, se sentit « un autre homme ». Un autre homme ! Comme cette expression courante était profonde... Comme il eût souhaité qu'elle dît vrai ! Cet autre homme qui sort du premier, après un succulent repas, après une bonne bouteille, après un bain émollient, ce double qui saute hors du corps comme d'un cercueil et qui repart sur nouveaux frais, qui rebondit, qui échappe au vieillissement et au malheur, qui refuse de se compromettre avec l'ancien, c'est cela qu'il avait voulu être lorsqu'il s'était enfui, lorsqu'il s'était penché sur l'eau du lac canadien et qu'il y avait vu, reflétée jusqu'à la taille, son image pareille à celle d'un vieux roi de cartes. Heureux les hommes au double destin ! Heureux Bonaparte, qui se dilate et devient Napoléon, pensait Cursitor qui, à l'instar de tous les banquiers américains, adorait l'empereur. Comme Bonaparte, il avait conquis l'Egypte ; comme Bonaparte, il l'avait perdue. Restait l'Europe à envahir... Au Caire, faux asile, il avait failli être arrêté sans jugement ; à Tanger, repaire dangereux, il avait failli être enlevé par pur arbitraire (ces pays d'Orient ont été trop marqués par leurs tyrans). Mais Luxembourg était un terrain solide, un bon tremplin pour sauter dans la vie nouvelle, pour s'habiller, corps et âme, en *un autre homme !*

— Plus d'avocats pour moi ! cria Cursitor très haut, assommant du poing la plus grande de ses onze malles.

Le bruit qu'il venait de faire l'effraya. Il alla prudemment fermer la fenêtre devant laquelle il avait installé sa table de travail.

— Plus d'avocats, répéta-t-il ; cette fois je travaillerai seul mon affaire. Suis-je une femme pour m'abriter sous l'aile de ces farceurs dont pas un n'a le cerveau de Silas Cursitor !

Il n'avait pas encore digéré les cinquante mille dollars que lui avait coûté son conseil de défense égyptien, et pour quel résultat, grands dieux, puisque tout était à recommencer !

Soit, il recommencerait, mais seul.

En huit jours d'un travail acharné, il avait préparé sa défense avec cette méticulosité, ces tics de symétrie, ces manies d'exactitude qui lui valaient autrefois les malédictions muettes de ses employés. Après quoi il pensa à disposer en sa faveur les autorités.

— A Tanger, se dit l'Américain, peu au courant des usages de cour, j'ai peut-être manqué à quelque règle d'étiquette ? J'aurais dû faire visite au représentant du Sultan.

Il alla s'inscrire au Palais, déposa des cartes chez le Président du Conseil d'Etat, chez les conseillers des tribunaux de première, deuxième et troisième instance et n'oublia pas la Cour de Cassation. Il envoya même des fleurs aux femmes des directeurs de la presse de droite et de celle de gauche, car les journaux, le *Luxemburger Wort* et la *Luxemburger Zeitung*, étaient déjà pleins de l' « Affaire Cursitor » et il importait de se les rendre favorables.

L'hiver s'annonçait très dur. Le banquier acheta des vêtements chauds, fit calfeutrer les fenêtres de sa chambre ; habitué aux 30° centigrades des intérieurs américains, il trouvait que l'Europe ne sait pas se défendre contre le froid ; puis il vécut dans une bastille de dossiers.

Les deux premières semaines, tout alla bien. Mais un jour, rentrant à l'hôtel après une promenade, il constata que ses bagages avaient été fouillés et qu'une liasse de cent dollars qu'il avait cachée sous son linge avait disparu. Volé ! On l'avait volé... Il lança ce mot à haute voix dans les corridors et s'aperçut qu'il faisait sourire les domestiques de l'étage. La direction déclina toute responsabilité avec une ironie à peine voilée. Quant à la police qu'il appela par téléphone, elle ne se présenta même pas. Les réclamations et les cris de Cursitor tombaient dans un silence si désapprobateur qu'ils s'éteignirent d'eux-mêmes.

Cet incident fit réfléchir le banquier. Que de fois depuis huit mois le mot *vol* avait dû être prononcé à côté de son nom ! Ce mot qui ne lui faisait pas monter le rouge au front, car il s'estimait sans reproche, le marquait aujourd'hui, lui, la victime, d'un nouveau scandale. Qu'est-ce que le vol ? A quelle somme finit le vol ? On ne vole pas trois cent cinquante millions de dollars ne vous appartenant pas ; on les perd... Les gens se figuraient-ils qu'il avait été prendre de l'argent délibérément dans les tiroirs de ses déposants ? Qu'il avait fracturé des portes, des coffres-forts et qu'il s'était bourré du produit de ces cambriolages ? Pourquoi sourire, alors ? Quel comique y avait-il à ce qu'on le dépouillât, lui exilé, appauvri, menacé ? La justice qu'il semblait fuir en courant le monde, il sentait qu'elle penchait ici en faveur du voleur et que tel chenapan qui eût été puni pour avoir dérobé une pomme à une devanture serait acquitté si on le prenait la main dans la poche de Cursitor.

Le banquier s'enfonça dans des abîmes de méditation. En admettant même qu'il fût coupable, pourquoi, entre ces deux exemples inégaux d'infamie, l'opinion préférait-elle celui de son voleur ? Qui était ce voleur ? Un garçon d'étage ? Un voyageur ? La police ? Un humoriste ? Quelque vengeur de la petite épargne ? L'avait-on détroussé par hasard ou parce que son nom attirait l'attention ? Avait-on forcé sa porte en se disant qu'un homme qui a perdu tant d'argent ne peut être que très riche ? Volé, c'était un comble ! Volé ! La vie est intenable... Peut-être croirait-on qu'il s'était détroussé lui-même ? Cette histoire lui porterait malheur, certainement...

Elle lui porta malheur.

Le lendemain, au couvre-feu, à l'heure où le

petit Etat s'endormait, bercé dans les bras oscillants de l'ombre et de la neutralité, tandis que quelques réverbères à branches éclairaient seuls le coin des rues, l'hôtelier monta saluer fort poliment Cursitor.

— Très honoré monsieur, dit-il, je viens vous demander s'il vous serait agréable que je m'occupe de vous réserver de bonnes chambres chez mon collègue M. Bauer, du *Grand Hôtel Nassau.*

— Comment ? s'écria Cursitor surpris, mais je suis très bien ici ; j'ai même l'intention d'y passer l'hiver ; Mrs Cursitor viendra me rejoindre et j'aurai besoin d'un appartement plus grand avec une belle cheminée, car votre chauffage est insuffisant et je suis très frileux.

— Justement, monsieur, je pourrai vous trouver ça au Grand Hôtel, car nous n'avons pas ici ce qu'il vous faut.

— Je n'aime pas les déménagements, dit Cursitor, tant pis, je garderai ce petit appartement.

— Pardonnez-moi... fit le directeur en balbutiant.

Son air gêné tira brusquement Cursitor de sa quiétude.

— Qu'y a-t-il ? Qu'est-ce que vous avez ? dit-il. Pourquoi faites-vous cette figure ?

Pressé de questions, le directeur finit par avouer qu'il attendait l'avocat général Thompson et toute une délégation du *Department of Justice* venus de Washington et débarquant le surlendemain par le *Bremen* pour défendre devant le Luxembourg la thèse fédérale de l'extradition.

— C'est une situation bien difficile pour tout le monde, vous le comprendrez vous-même, Mr Cursitor... Vous allez vous heurter dans les couloirs à vos adversaires, manger à la même table qu'eux, c'est très délicat pour moi... tandis qu'au Grand Hôtel...

Cursitor ne demanda pas pourquoi c'était lui et non ces nouveaux venus qu'on expédiait au Grand Hôtel. Il avait appris à ne plus poser ces questions. Atterré, il répétait machinalement : « Il faut repartir. »

Le duel recommença. Les Etats-Unis ne lâchaient pas prise. Tenace, la Justice poursuivait le crime, comme dans les tableaux de musée.

Les jours qui suivirent, Cursitor courut la ville à la recherche d'un meublé : il loua une petite villa et y transporta ses fiches, ses malles, son secrétariat, tout l'appareil de sa défense. Cette besogne matérielle, en l'occupant, lui reposait les nerfs. Chaque chèque devait être photographié, tant mieux ! Toutes les pièces du dossier devaient être retraduites, et chaque fois par des interprètes assermentés, avec certificat des traducteurs officiels, des métaphraseurs diplomatiques, des truchements des Affaires étrangères. Excellent ! Les mots n'ont pas le même sens dans toutes les langues ; *larceny* n'était pas toujours *vol* et pas non plus *diebstahl*, en certains cas. Et d'ailleurs, il fallait distinguer en Amérique *larceny* et *great larceny*... Dans un pays polyglotte comme le Luxembourg, cela assurerait au réfugié des mois de tranquillité. Pendant que se prolongeaient les discussions entre interprètes et qu'on se séparait sans se mettre d'accord sur l'application de deux termes en langues différentes à une même atteinte à la loi, de nouveaux incidents s'accumulaient (dont l'un avait fait noircir trois cents pages) et des péripéties inattendues pouvaient surgir, ouvrant des perspectives heureuses.

La délégation fédérale, qui avait apporté trente caisses de paperasses, s'était installée à l'*Hôtel de la Crosse d'Or*, dans les chambres mêmes que Cursitor avait occupées. L'avocat général qui la présidait se nommait Edward Clyde Thompson. Cursitor le connaissait fort bien et l'avait eu souvent comme invité à Venetian Lodge. Pendant deux semaines, ils s'ignorèrent. Puis le banquier essaya d'obtenir une entrevue secrète de son ancien camarade devenu son juge, mais l'autre se déroba.

Les représentants de la Loi américaine échafaudaient pièce par pièce leur réquisitoire. Après l'insuccès juridique du Caire, après le fiasco policier de Tanger, les Etats-Unis ne pouvaient plus se permettre un échec. La carrière de ces fonctionnaires ambulants était en jeu ; ils seraient impitoyables.

Cursitor s'efforçait de lire dans leurs cartes ; il s'était ménagé des intelligences à l'hôtel parmi les domestiques. Par eux il apprit que ses adversaires étaient satisfaits.

Quinze jours plus tard, ils donnèrent leur succès comme certain.

Qu'allait faire Cursitor ? Attendre de pied ferme ou repartir ? Mais vers quels ailleurs ? Comme il était las, mon Dieu !... las... malade... ruiné... De Londres, il ne recevait plus que d'assez petites sommes. L'argent filait... En Amérique, les charges s'accumulaient contre lui : bénéfices fictifs, dissimulation des pertes, faux et usage de faux, bilans truqués ; s'il se laissait arrêter, c'étaient cent cinquante ans de prison au moins qui l'écraseraient. Lui innocent, il ne reverrait jamais le soleil...

Le vieux proscrit se sentit perdu dans ce coin perdu d'Europe. Ses jambes enflaient ; ses doigts se boudinaient : l'albumine. Talonné, acculé dans un couloir sans issue, il se voyait dans une position dont rien ne pouvait le tirer. Son bureau glacé, dont il traversait ce soir-là les deux pièces avant de gagner son lit, lui parut un très frêle abri : des dossiers, des fichiers, des malles... Ses secrétaires avaient disparu à six heures. Sa femme de ménage aussi. Allait-il mourir là, tout seul, au seuil de l'hiver ? Il regarda le calendrier. C'était justement la veille de Noël, la grande fête de tous les foyers américains. Cursitor revoyait Venetian Lodge dix ans plus tôt et les cris de ses enfants quand le maître d'hôtel apportait l'oie toute dorée et la posait dans le parterre de houx. Il lui semblait que c'était hier qu'il embrassait ses petites filles sous le gui. Il essaya de fredonner *Home, sweet home*, et les larmes lui montèrent aux yeux à la pensée que Payne, l'auteur de cette rengaine célèbre qui a fait pleurer des millions d'Anglo-Saxons sentimentaux, n'avait jamais eu de home et était mort de misère à Tunis.

Luxembourg dormait sous un ciel de neige, avec des lueurs sanglantes jetées par les hauts fourneaux. Un paysage sinistre qui donnait des envies de suicide... Cursitor ne pouvait se coucher comme ça, sans un mot de consolation, sans une voix amie. Brusquement, il décrocha le téléphone et demanda l'hôtel et le numéro de son ancien appartement.

— Allô... Thompson ?

— Lui-même.

— Ecoutez. Vous allez trouver ça extraordinaire que je vous téléphone... ce soir surtout...

Ne voulez-vous pas venir partager mon dîner en secret ?... Personne ne le saura, je vous le jure... Ne raccrochez pas, Thompson... Au nom d'une vieille camaraderie, je vous en prie, ne raccrochez pas. Ecoutez-moi, Thompson... C'est Cursitor... J'ai besoin d'entendre une voix du pays, ce soir... Conseillez-moi... Allô... Allô...

L'avocat général avait disparu. Une secrétaire lui succéda au récepteur.

— Mr Thompson s'excuse... Il ne peut venir à l'appareil... Il vient de partir dîner à la Légation des Etats-Unis.

Cursitor s'effondra. Il resta longtemps prostré devant son bureau, la tête dans les mains, moins écrasé par l'ombre de l'énorme menace judiciaire dont il ne parvenait plus à arrêter l'avance, que par deux ou trois images précises, véritablement insupportables et qui dans les mauvais jours comme celui-ci venaient le hanter : une surtout, un détail qui l'avait frappé à la lecture des romans policiers, le poursuivait. Il se voyait debout la nuit en prison, pour répondre à l'appel : le reste, la camisole infamante, le nettoyage de sa cellule, la compagnie des forçats, la conversation à travers les barreaux, il l'oubliait, ne pensant qu'à cet appel. Déjà il s'entendait nommer dans le noir.

— Mr Cursitor ?

Il leva la tête, ouvrit la fenêtre. Depuis combien de temps sonnait-on sans qu'il entendît ?

Il regarda l'heure. Neuf heures... La rue était déserte et glacée. Il descendit. Un garçon d'hôtel lui apportait un grand plat enveloppé dans une serviette nouée.

— De la part d'un ami ! dit-il.

Cursitor, stupéfait, remonta dans sa chambre et dénoua la serviette ; une oie dont la peau rôtie craquait apparut, un de ces volatiles succulents qui sont, en un soir comme celui-ci, l'honneur des tables de famille américaines. Très ému, Cursitor posa le plat sur la table.

— Thompson n'a pas voulu se compromettre, pensa-t-il. Il s'est refusé à me donner un conseil... mais il a risqué ce geste d'amitié...

L'oie, découpée, laissa voir une petite enveloppe blanche ; Cursitor s'en saisit avidement ; elle contenait une carte avec ces simples mots dactylographiés :

*Vous serez expulsé d'ici trois jours.*

Silas Cursitor s'assit sur ses malles. Cette fois, c'était bien fini. Il ne lui restait même pas l'exil, plus amer que l'absinthe. L'Ennemi public, le Juif errant, l'Interdit, le Maudit par excellence, c'était lui.

Il passa une nuit affreuse, décidé à aller trouver Thompson, à rentrer avec lui aux Etats-Unis, puisque la partie était perdue. Au matin, épuisé, fiévreux, il avala un somnifère et tomba dans le plus lourd sommeil.

Il ne se réveilla qu'à midi, toutes ses forces revenues. Un café très fort le rendit lucide et animé d'une vitalité, factice peut-être, mais prodigieuse. Il avait la vie chevillée à l'âme, plus forte que l'âme même. Dans ce corps à corps avec la destinée, il ne céderait pas.

Où aller maintenant ?

Il passa en revue les autres pays du globe : la Roumanie peut-être... ou l'Albanie qui a si peu de touristes et qui s'enorgueillirait de s'ouvrir à lui ? La Hollande, qui ne faillirait pas à sa vieille réputation de protectrice des libertés ? L'U.R.S.S., toujours en quête de techniciens, qui pourrait requérir ses services pour quelque plan grandiose ? Quant à la Chine, dernier atout, elle n'avait pas de représentant à Luxembourg. Restaient enfin les pays louches, les repaires d'aventuriers, sans nom sur les cartes...

Le banquier loua une voiture à l'heure et partit faire le tour du monde dans l'après-midi, c'est-à-dire qu'il alla successivement chez tous les agents étrangers accrédités auprès du Grand-Duché pour leur demander un visa d'entrée. Les pays riches habitaient des villas excentriques, ce qui lui fit perdre beaucoup de temps ; par contre, les plus pauvres se groupaient dans le même immeuble, ce qui lui en faisait regagner. D'abord Cursitor procéda méthodiquement, puis fatigué, écœuré, il laissa le cocher se diriger à son gré, se contentant de sauter de voiture au hasard, quand la victoria à deux chevaux passait devant quelque panonceau diplomatique ou consulaire.

Pendant quarante-huit heures, des bords de la Pétrusse aux rives de l'Alzette, ce calvaire international se poursuivit, coupé de stations de plus en plus douloureuses. Cursitor essuya tous les refus, polis, hautains, fourbes, tristes, méchants, fraternels, paternels, humiliants, mondains ou désagréablement administratifs. Les nations les plus obligeantes ne lui offraient qu'un visa de transit de quarante-huit heures ; d'autres, d'une méticulosité effrayante, demandaient, pour interpréter et discuter son cas, des délais si longs qu'il valait mieux ne pas en parler ; d'aucunes se montraient plus abordables, mais pour les atteindre il fallait traverser des pays qui lui refusaient le passage. La plupart avaient peur des Etats-Unis et fermèrent leur porte au nez du fugitif. Cursitor vit ainsi défiler presque tous les drapeaux de l'univers, les verts, les rouges, les bleus, les blancs, avec toutes les combinaisons de couleurs, longitudinales et verticales, tout le blason international, les aigles becquées des dictatures, les armoiries des démocraties, les écussons trop chargés des nations sud-américaines, ceux où se reflétait l'histoire et ceux dont chaque quartier contenait un symbole géographique. Il fut reçu par des agents nègres et par des consuls citrins, par des endormis et par des soupçonneux, par des Orientaux en pyjama, lents à ouvrir leur huis, et par des Nordiques en costume de sport. Nulle part il n'obtint satisfaction, pour la raison majeure que son passeport américain était périmé et qu'il lui était naturellement impossible d'en obtenir le renouvellement.

C'est alors que le portier de la *Crosse d'Or* vint lui vendre un de ces carnets d'hôtel grâce auxquels les étrangers se rendant aux championnats des sports d'hiver en Allemagne sont dispensés de visa pendant la grande semaine.

— Cela vous fera gagner quelques jours, monsieur, dit-il.

## VIII

Ce dernier coup avait exténué le vieillard ; forcé, le gibier sentait la vie l'abandonner. Pourquoi continuait-il sa course ? Pourquoi ne faisait-il pas front à la justice nationale, après tout, et à des lois appliquées régulièrement, plutôt que de se fier à tant de tribunaux inconnus et de juridictions extravagantes, que de s'exposer à des décrets impératifs et au bon plaisir des policiers ?

Oui, tout eût mieux valu que ce que faisait Cursitor en ce moment ; obéissant, comme une grenouille sans tête, à un réflexe de fuite désespérée, il se jetait en avant, aveuglément, hors du Grand-Duché. Il avait loué une auto au hasard, lui criant : « Suivez le Rhin ! » Il était parti sans malle, sans dossiers, sans ses comptabilités et ses codes, sans ce bagage de procédure qu'il traînait derrière soi depuis l'Egypte, n'emportant que la petite valise avec laquelle il s'était enfui de Frederiksburg , et il se répétait sourdement, sans répit :

— Je suis un homme qui fuit en nageant entre deux eaux et sur qui tous les fusils du monde tirent quand il monte respirer en surface.

C'était la nuit. Assommé de quinine, car il avait la fièvre, il traversait le Wurtemberg, comme en rêve, et la Souabe dans l'obscurité. Le chauffeur montrait parfois, à la lueur d'un falot, les papiers de la voiture et continuait.

Au matin, on aperçut une immense nappe d'eau ardoisée, entourée de neige : le lac de Constance. Cursitor sortit de sa torpeur. S'il allait se cacher en Suisse, patrie des exilés ? Au moment où il approchait de la frontière helvétique, un vieux burg abandonné se dressa, dominant fièrement le Rhin.

— Est-ce la Suisse ? demanda-t-il en se penchant à la portière.

— Pas encore.

— Alors, c'est l'Autriche ou l'Allemagne ?

— Non, monsieur, répondit un garde frontière, c'est un Etat libre, la Principauté de Liechtenstein.

Ce n'était pas la Suisse, mais une sorte de Suisse plus montagneuse et plus montagnarde, plus jalouse encore de son indépendance que sa sœur aînée. Aussitôt, Cursitor avait fait arrêter son auto à la porte d'une *gasthaus* à volets verts, à bière mousseuse : là, tout en buvant du lait fumant qui le réveilla, il s'enquit de la capitale qu'il trouva sans peine, encore qu'elle ne comptât que mille cinq cents feux. Personne ne lui demanda de passeport, car la saison des touristes était terminée et l'hôtellerie chômait. Il congédia son automobile et s'installa donc à Vaduz.

Il avait cru, en entrant au Grand-Duché de Luxembourg, toucher le plus petit havre du monde, mais non. Cette fois, il avait à peine la place de se retourner.

— Après l'Amérique, la France ; après l'Egypte, Tanger ; après Luxembourg, Liechtenstein ! Je descends l'échelle des Etats, pensa Cursitor.

Cette fois, en effet, le banquier passait d'un pays de cinquante mille habitants à un empire de dix mille âmes ! Allait-il collectionner des nations de plus en plus microscopiques ?

Pareil à quelque condamné dans les temps antiques, faisant force de jambes pour arriver avant ses poursuivants au temple tutélaire et se jeter au pied des autels, le banquier se mettrait-il maintenant sous la protection de Ferdinand I$^{er}$ ? Lui qui dépensait plus pour ses serres d'orchidées et son yacht que Vaduz, la capitale du Liechtenstein, pour son budget municipal, lui le géant d'affaires, deviendrait-il l'hôte d'un Etat corpusculaire ; lui, l'immense victime d'une colossale faillite, en serait-il réduit à s'abriter derrière une nation-mouche, à se retrancher derrière une miette, dans une enclave si invisible qu'on avait peine à la trouver sur les cartes, dans un cul-de-sac européen ?

Derrière ses volets verts, il attendait, couché, claquant des dents.

Quarante-huit heures après son installation à l'*Hôtel du Lion rampant* qu'il avait choisi pour sa belle enseigne de fer forgé et doré, Cursitor n'avait pas encore été chassé de la Principauté... Ce délai lui apparut comme une grâce divine. Il souleva les rideaux, admira la silhouette du donjon en surplomb, les écailles luisantes du faîtage aux tuiles vernissées, la porte surmontée de l'écu de Jean II, l'ensemble imposant de cette forteresse fermée, sans sentinelles sur les parapets à l'assaut desquels montaient les bois et les vignobles. Liechtenstein était un coin charmant ; deviendrait-il un véritable refuge ?

En robe de chambre, le nez aux vitres, Cursitor se parlait tout haut. Sa seule compagnie, désormais, c'était sa voix.

— Il faudrait ne plus offrir de cible... effacer mon identité... Ne pas laisser de traces...

Le petit empire de Ferdinand Ier cuisait sa soupe pour le repas du soir, bien abrité des vents internationaux et des tourmentes politiques, oublié par les traités, protégé par d'anciennes coutumes féodales, négligé par les empereurs carnassiers, omis par les rois voraces.

Ce coin seigneurial de dureté et de fierté entouré d'arêtes rocheuses dont les plus hautes, les Trois Sœurs, dominaient Vaduz, toutes ces vieilles choses, les cyclamens dans les fenêtres doubles, les poêles émaillés, la poésie intime, d'une fadeur déjà germanique, réveillaient en lui des échos héréditaires...

— Comment devenir vraiment cette fois Monsieur X..., Monsieur Trois Etoiles ? se demandait-il.

Le lendemain matin, la fièvre avait monté ; Cursitor réclama le docteur qui vint aussitôt.

Ce médecin avait plutôt l'air d'un vigneron, culottes de cuir, peau de bique, crâne tondu, mais cet extérieur campagnard cachait beaucoup de science et de finesse ; il trouva son malade prostré, très rouge, les yeux fixes, paraissant suivre une idée qui lui échappait et le fatiguait. Après l'avoir ausculté, il se mit à bavarder, lui parlant des sujets les plus divers pour le tirer de sa torpeur. Cursitor n'avait pas l'air d'entendre. Mais subitement il ouvrit les yeux ; le médecin venait de prononcer cette phrase :

— Ce pays-ci vit de la vente des timbres-poste, de l'exploitation du sureau sous toutes ses formes, mais surtout de la constitution des sociétés anonymes.

— Sociétés anonymes ? répéta le banquier ; et pourquoi viennent-elles ici ?

— Pour élire la Principauté comme siège social, parce que l'impôt y est minime ; pas de service militaire, pas d'impôts ; nous n'avons qu'un soldat ; il garde le musée et il est en cire. C'est pourquoi les dernières économies d'Europe viennent chez nous se transformer en associations.

Cursitor leva la tête :

— Docteur, fit-il pensivement, envoyez-moi des livres sur les sociétés anonymes au Liechtenstein.

Toute la journée, Silas Cursitor se plongea dans le manuel des *Holdings* et *Domizilgesellschaften* de Liechtenstein. Au coucher du soleil, il crut se sentir mieux. Sa tête bouillonnait d'idées. « Je prends le médecin comme administrateur, le portier comme commissaire aux comptes... Ici les gains s'habillent en déficits. » Il jetait des papiers couverts de notes à travers la chambre, parlait à haute voix, se plongeait la figure dans la cuvette et reprenait fébrilement sa lecture. Tout le jour il vécut dans une frénésie intérieure qu'il dissimulait avec ruse devant les gens. Son cerveau était engagé sur une pente de plus en plus glissante.

Vers le soir il se dit :

— Je vais faire un peu d'exercice avant la nuit. Je n'ai que la grippe, l'air de la montagne me coupera cela.

Un poteau indiquait *Rheintal*, vue sur le Rhin. Il descendit jusqu'au fleuve ; devant lui s'ouvrait un vieux pont de bois, d'un bâti si sec qu'un écriteau commandait de n'y fumer que des pipes de porcelaine à couvercle. L'eau bouillonnait, rapide sur les rives et au centre toute lente, tournoyant sur place, comme la destinée. De l'autre côté du pont, c'était la Suisse. Le banquier revint en arrière.

— Rester ici ? Le pourrai-je ?

Il frissonna, voulut rentrer, s'égara dans les ruelles de Vaduz.

— Je ne sais pourquoi ce pardessus me serre comme un carcan, ce soir. J'étouffe. Demain j'achèterai une pèlerine du pays. On a la poitrine plus à l'aise...

Il tournait en rond dans l'obscurité, se heurtait au crépi tyrolien des murs qui le couvrait de plâtre ; un coup d'air qui lui souffla au visage lui apprit qu'il se retrouvait au bord du Rhin. Le fleuve était devenu sinistre et s'enfuyait au pas de charge, comme poursuivi, lui aussi... Le pont suspendu grinçait, poussant de vrais cris...

Tout seul, sans secours, sans téléphone, sans ennemis même... sans ces journalistes et cette justice américaine qui du moins le reliaient à l'univers, Cursitor sentit qu'il perdait pied dans l'indicible ; il appela Dieu à son secours et, comme au temple, se mit à chanter : « *Louanges au Seigneur qui fait pleuvoir sur nous toutes les bénédictions* », mais une soudaine colère le secoua :

— Dieu est ignoble, dit-il, oui, ignoble, parce qu'il est plus fort que moi !

Dans sa tête en fermentation, les mythes de son enfance grouillaient ; les gnomes allaient certainement le protéger ; il était revenu dans sa vieille patrie allemande, qui est aussi celle du Diable. Ici, les maisons trompent, ce ne sont pas des maisons ; cette toile peinte anodine qui représente une innocente brasserie parée de houblons, s'il y entre, il dormira en paix cent ans. Sur le pont Cursitor crut voir passer des êtres gazeux, des spectres, mais des spectres d'aujourd'hui, sociétés fantômes, coffres-forts en goguette, dépôts-feux follets, capitaux évadés comme lui, traînant leurs chaînes rompues, tous des réfugiés, tous des frères ! Sur ce territoire enchanté, il n'était plus seul ; la tête haute, plein d'exaltation, il courait, volait comme en rêve ; il retrouva sans peine son hôtel. Rentré chez lui, dans une minute de lucidité, il prit sa température : 40°. Il éteignit, mais la joie l'empêchait de dormir. Son cœur dansait tandis que son cerveau accélérait le rythme des images.

— Me transformer moi-même en association ! Quelle trouvaille ! Comme c'était simple ! Pourquoi n'y avais-je pas pensé plus tôt ? J'étais une personnalité... immorale, je deviens une personnalité morale. Ah ! Ah ! Qu'y mettrai-je, dans mon association ? Mon passif, parbleu, c'est un apport comme un autre !

Il éclata de rire.

— Voici un nouveau chaînon de l'espèce humaine, l'homme-société : on n'extrade pas une société, on ne la torture pas... Tu peux déchirer ton passeport, ô Cursitor, car tu es mort. Et tu vas ressusciter sous la forme d'une raison sociale ! Au Canada j'ai laissé mes habits et ma réputation de grand banquier ; à Liechtenstein je vais laisser jusqu'à mon nom. Je deviens holding... Désormais, je m'appelle *Personne*, comme Ulysse, et quand on viendra demander à l'Etat américain qui l'a blessé, le monstre agitera sa massue dans le vide en criant : « *Personne ! Personne !* »

Cursitor ralluma ; il étouffait. Neuf heures du soir. Le poêle de faïence dansait devant ses yeux. Dans le foyer éteint se calcinaient des montagnes de mâchefer, comme à la porte des usines à gaz de Frederiksburg...

— Tout, aujourd'hui, se résout en société ! Par conséquent je marche avec mon temps, murmurait le banquier, retombant dans son délire. Il me reste à trouver un beau nom pour la belle association que je vais fonder ici... Désormais l'avocat général peut venir, la police peut me demander mon visa, je vais m'appeler *Personne !* Entrez donc, monsieur l'avocat général : dans ce lit, il n'y a plus Cursitor, il y a *Personne !* Mieux encore, j'y suis : il y a *Monsieur Zéro !*

Cursitor se tut, prêta l'oreille.

— Qui frappe ?... C'est vous, docteur... Appelez le notaire.

— Quel notaire ? demanda le médecin et, à part soi : « Jambes gonflées, extrémités froides, le cœur fléchit... cœur d'albuminurique. »

— Monsieur le notaire, écrivez :

« *Le 2 janvier 193..., à Vaduz, principauté*
» *de Liechteinstein, a comparu devant nous*
» *Mr Zéro, agissant comme président de la*
» *société anonyme Zéro et Cie...* »

— Il étouffe, pensait le docteur, je vais l'asseoir avec des oreillers au dos.

« *... lequel a déclaré que le Conseil d'admi-*
» *nistration...* »

— Lui mettre une garde au plus tôt et des ballons d'oxygène... en cas...

« *... la constitution en société anonyme... de*
» *Silas Cursitor qui devient ainsi* — notez bien
» ce nom — *Mon-sieur Z...* »

Cursitor râlait. Il ne put finir sa phrase. Alors il sortit une main de ses draps et la tendit triomphalement, en formant, entre le pouce et l'index, un zéro.

*Villefranche-sur-Mer,*
*août 1934 - septembre 1936.*

*Milady* 7

*Monsieur Zéro* 123

## DU MÊME AUTEUR

*Aux Éditions Gallimard*

TENDRES STOCKS (préface de Marcel Proust), *nouvelles.*

OUVERT LA NUIT, *nouvelles.*

FERMÉ LA NUIT, *nouvelles.*

BOUDDHA VIVANT, *récit.*

FLÈCHE D'ORIENT, *roman.*

FRANCE-LA-DOULCE, *roman.*

MILADY suivi de MONSIEUR ZÉRO *(Les Extravagants), nouvelles.*

L'HOMME PRESSÉ.

LE LION ÉCARLATE précédé de LA FIN DE BYZANCE et d'ISABEAU DE BAVIÈRE, *théâtre.*

MONTOCIEL, *roman.*

FOUQUET OU LE SOLEIL OFFUSQUÉ, *biographie.*

LA FOLLE AMOUREUSE, *nouvelles.*

FIN DE SIÈCLE, *nouvelles.*

JOURNAL D'UN ATTACHÉ D'AMBASSADE.

TAIS-TOI, *roman.*

NOUVELLES D'UNE VIE
- I. NOUVELLES DU CŒUR.
- II. NOUVELLES DES YEUX.

MONPLAISIR... EN LITTÉRATURE, *essai.*

MONPLAISIR... EN HISTOIRE, *essai.*

DISCOURS DE RÉCEPTION À L'ACADÉMIE FRANÇAISE ET RÉPONSE DE JACQUES CHASTENET.

VENISES, *récits.*

UN LÉSINEUR BIENFAISANT *(M. de Montyon), discours.*

POÈMES : LAMPES À ARC — FEUILLES DE TEMPÉRATURE — VINGT-CINQ POÈMES SANS OISEAUX — U.S.A.

LES ÉCARTS AMOUREUX, *nouvelles.*

LE FLAGELLANT DE SÉVILLE, *roman (collection Folio).*

LES EXTRAVAGANTS, *roman.*

L'IMAGINAIRE

GALLIMARD

Axée sur les constructions de l'imagination, cette collection vous invite à découvrir les textes les plus originaux des littératures romanesques française et étrangères.

*Volumes parus*

190. Manuel Puig : *Le plus beau tango du monde.*
191. Philippe Beaussant : *L'archéologue.*
192. Sylvia Plath : *La cloche de détresse.*
193. Violette Leduc : *L'asphyxie.*
194. Jacques Stephen Alexis : *Romancero aux étoiles.*
195. Joseph Conrad : *Au bout du rouleau.*
196. William Goyen : *Précieuse porte.*
197. Edmond Jabès : *Le Livre des Questions*, I.
198. Joë Bousquet : *Lettres à Poisson d'Or.*
199. Eugène Dabit : *Petit-Louis.*
200. Franz Kafka : *Lettres à Milena.*
201. Pier Paolo Pasolini : *Le rêve d'une chose.*
202. Daniel Boulanger : *L'autre rive.*
203. Maurice Blanchot : *Le Très-Haut.*
204. Paul Bowles : *Après toi le déluge.*
205. Pierre Drieu la Rochelle : *Histoires déplaisantes.*
206. Vincent Van Gogh : *Lettres à son frère Théo.*
207. Thomas Bernhard : *Perturbation.*
208. Boris Pasternak : *Sauf-conduit.*
209. Giuseppe Bonaviri : *Le tailleur de la grand-rue.*
210. Jean-Loup Trassard : *Paroles de laine.*
211. Thomas Mann : *Lotte à Weimar.*
212. Pascal Quignard : *Les tablettes de buis d'Apronenia Avitia.*
213. Guillermo Cabrera Infante : *Trois tristes tigres.*
214. Edmond Jabès : *Le Livre des Questions*, II.
215. Georges Perec : *La disparition.*
216. Michel Chaillou : *Le sentiment géographique.*
217. Michel Leiris : *Le ruban au cou d'Olympia.*

218. Danilo Kiš : *Le cirque de famille.*
219. Princesse Marthe Bibesco : *Au bal avec Marcel Proust.*
220. Harry Mathews : *Conversions.*
221. Georges Perros : *Papiers collés*, II.
222. Daniel Boulanger : *Le chant du coq.*
223. David Shahar : *Le jour de la comtesse.*
224. Camilo José Cela : *La ruche.*
225. J.M.G. Le Clézio : *Le livre des fuites.*
226. Vassilis Vassilikos : *La plante.*
227. Philippe Sollers : *Drame.*
228. Guillaume Apollinaire : *Lettres à Lou.*
229. Hermann Broch : *Les somnambules.*
230. Raymond Roussel : *Locus Solus.*
231. John Dos Passos : *Milieu de siècle.*
232. Elio Vittorini : *Conversation en Sicile.*
233. Édouard Glissant : *Le quatrième siècle.*
234. Thomas De Quincey : *Les confessions d'un mangeur d'opium anglais* suivies de *Suspiria de profundis* et de *La malle-poste anglaise.*
235. Eugène Dabit : *Faubourgs de Paris.*
236. Halldor Laxness : *Le Paradis retrouvé.*
237. André Pieyre de Mandiargues : *Le Musée noir.*
238. Arthur Rimbaud : *Lettres de la vie littéraire d'Arthur Rimbaud.*
239. Henry David Thoreau : *Walden ou La vie dans les bois.*
240. Paul Morand : *L'homme pressé.*
241. Ivan Bounine : *Le calice de la vie.*
242. Henri Michaux : *Ecuador (Journal de voyage).*
243. André Breton : *Les pas perdus.*
244. Florence Delay : *L'insuccès de la fête.*
245. Pierre Klossowski : *La vocation suspendue.*
246. William Faulkner : *Descends, Moïse.*
247. Frederick Rolfe : *Don Tarquinio.*
248. Roger Vailland : *Beau Masque.*
249. Elias Canetti : *Auto-da-fé.*
250. Daniel Boulanger : *Mémoire de la ville.*
251. Julian Gloag : *Le tabernacle.*
252. Edmond Jabès : *Le Livre des Ressemblances.*
253. J.M.G. Le Clézio : *La fièvre.*
254. Peter Matthiessen : *Le léopard des neiges.*
255. Marquise Colombi : *Un mariage en province.*

256. Alexandre Vialatte : *Les fruits du Congo.*
257. Marie Susini : *Je m'appelle Anna Livia.*
258. Georges Bataille : *Le bleu du ciel.*
259. Valery Larbaud : *Jaune bleu blanc.*
260. Michel Leiris : *Biffures* (*La règle du jeu*, I).
261. Michel Leiris : *Fourbis* (*La règle du jeu*, II).
262. Marcel Jouhandeau : *Le parricide imaginaire.*
263. Marguerite Duras : *India Song.*
264. Pierre Mac Orlan : *Le tueur n° 2.*
265. Marguerite Duras : *Le théâtre de l'Amante anglaise.*
266. Pierre Drieu la Rochelle : *Beloukia.*
267. Emmanuel Bove : *Le piège.*
268. Michel Butor : *Mobile. Étude pour une représentation des États-Unis.*
269. Henri Thomas : *John Perkins* suivi de *Un scrupule.*
270. Roger Caillois : *Le fleuve Alphée.*
271. J.M.G. Le Clézio : *La guerre.*
272. Maurice Blanchot : *Thomas l'Obscur.*
273. Robert Desnos : *Le vin est tiré...*
274. Michel Leiris : *Frêle bruit* (*La règle du jeu*, IV).
275. Michel Leiris : *Fibrilles* (*La règle du jeu*, III).
276. Raymond Queneau : *Odile.*
277. Pierre Mac Orlan : *Babet de Picardie.*
278. Jacques Borel : *L'Adoration.*
279. Francis Ponge : *Le savon.*
280. D.A.F. de Sade : *Histoire secrète d'Isabelle de Bavière, Reine de France.*
281. Pierre Drieu la Rochelle : *L'homme à cheval.*
282. Paul Morand : *Milady* suivi de *Monsieur Zéro.*
283. Maurice Blanchot : *Le dernier homme.*
284. Emmanuel Bove : *Départ dans la nuit* suivi de *Non-lieu.*
285. Marcel Proust : *Pastiches et mélanges.*
286. Bernard Noël : *Le château de Cène* suivi de *Le château de Hors. L'outrage aux mots. La pornographie.*
287. Pierre Jean Jouve : *Le monde désert.*
288. Maurice Blanchot : *Au moment voulu.*
289. André Hardellet : *Le seuil du jardin.*
290. André Pieyre de Mandiargues : *L'Anglais décrit dans le château fermé.*
291. Georges Bataille : *Histoire de l'œil.*

292. Henri Thomas : *Le précepteur.*
293. Georges Perec : *W ou le souvenir d'enfance.*
294. Marguerite Yourcenar : *Feux.*
295. Jacques Audiberti : *Dimanche m'attend.*
296. Paul Morand : *Fermé la nuit.*
297. Roland Dubillard : *Olga ma vache. Les Campements. Confessions d'un fumeur de tabac français.*
298. Valery Larbaud : *Amants, heureux amants...* précédé de *Beauté, mon beau souci...* suivi de *Mon plus secret conseil.*
299. Jacques Rivière : *Aimée.*
300. Maurice Blanchot : *Celui qui ne m'accompagnait pas.*
301. Léon-Paul Fargue : *Le piéton de Paris* suivi de *D'après Paris.*
302. Joë Bousquet : *Un amour couleur de thé.*
303. Raymond Queneau : *Les enfants du limon.*
304. Marcel Schwob : *Vies imaginaires.*
305. Guillaume Apollinaire : *Le flâneur des deux rives* suivi de *Contemporains pittoresques.*
306. Arthur Adamov : *Je... Ils...*
307. Antonin Artaud : *Nouveaux écrits de Rodez.*
308. Max Jacob : *Filibuth ou La montre en or.*
309. J.M.G. Le Clézio : *Le déluge.*
310. Pierre Drieu la Rochelle : *L'homme couvert de femmes.*
311. Salvador Dali : *Journal d'un génie.*
312. D.A.F. de Sade : *Justine ou les malheurs de la vertu.*
313. Paul Nizan : *Le cheval de Troie.*
314. Pierre Klossowski : *Un si funeste désir.*
315. Paul Morand : *Les écarts amoureux.*
316. Jean Giono : *Rondeur des jours (L'eau vive I).*
317. André Hardellet : *Lourdes, lentes...*
318. Georges Perros : *Papiers collés, III.*
319. Violette Leduc : *La folie en tête.*
320. Emmanuel Berl : *Sylvia.*
321. Marc Bernard : *Pareils à des enfants...*
322. Pierre Drieu la Rochelle : *Rêveuse bourgeoisie.*
323. Eugène Delacroix : *Lettres intimes.*
324. Raymond Roussel : *Comment j'ai écrit certains de mes livres.*
325. Paul Gadenne : *L'invitation chez les Stirl.*
326. J.M.G. Le Clézio : *Voyages de l'autre côté.*
327. Gaston Chaissac : *Hippobosque au Bocage.*
328. Roger Martin du Gard : *Confidence africaine.*

329. Henri Thomas : *Le parjure.*
330. Georges Limbour : *La pie voleuse.*
331. André Gide : *Journal des faux-monnayeurs.*
332. Jean Giono : *L'oiseau bagué (L'eau vive II).*
333. Arthur Rimbaud : *Correspondance (1888-1891).*
334. Louis-René Des Forêts : *Les mendiants.*
335. Joë Bousquet : *Traduit du silence.*
336. Pierre Klossowski : *Les lois de l'hospitalité.*
337. Michel Leiris : *Langage tangage ou Ce que les mots me disent.*
338. Pablo Picasso : *Le désir attrapé par la queue.*
339. Marc Bernard : *Au-delà de l'absence.*
340. Jean Giono : *Les terrasses de l'île d'Elbe.*
341. André Breton : *Perspective cavalière.*
342. Rachilde : *La Marquise de Sade.*
343. Marcel Arland : *Terres étrangères.*
344. Paul Morand : *Tendres stocks.*
345. Paul Léautaud : *Amours.*
346. Adrienne Monnier : *Les gazettes (1923-1945).*
347. Guillaume Apollinaire : *L'Arbre à soie et autres Échos du* Mercure de France *(1917-1918).*
348. Léon-Paul Fargue : *Déjeuners de soleil.*
349. Henri Calet : *Monsieur Paul.*
350. Max Jacob : *Le terrain Bouchaballe.*
351. Violette Leduc : *La Bâtarde.*
352. Pierre Drieu la Rochelle : *La comédie de Charleroi.*
353. André Hardellet : *Le parc des Archers* suivi de *Lady Long Solo.*
354. Alfred Jarry : *L'amour en visites.*
355. Jules Supervielle : *L'Arche de Noé.*
356. Victor Segalen : *Peintures.*
357. Marcel Jouhandeau : *Monsieur Godeau intime.*
358. Roger Nimier : *Les épées.*
359. Paul Léautaud : *Le petit ami.*
360. Paul Valéry : *Lettres à quelques-uns.*
361. Guillaume Apollinaire : *Tendre comme le souvenir.*
362. J.M.G. Le Clézio : *Les Géants.*
363. Jacques Audiberti : *Les jardins et les fleuves.*
364. Louise de Vilmorin : *Histoire d'aimer.*
365. Léon-Paul Fargue : *Dîner de lune.*
366. Maurice Sachs : *La chasse à courre.*
367. Jean Grenier : *Voir Naples.*

368. Valery Larbaud : *Aux couleurs de Rome.*
369. Marcel Schwob : *Cœur double.*
370. Aragon : *Les aventures de Télémaque.*
371. Jacques Stephen Alexis : *Les arbres musiciens.*
372. André Pieyre de Mandiargues : *Porte dévergondée.*
373. Philippe Soupault : *Le nègre.*
374. Philippe Soupault : *Les dernières nuits de Paris.*
375. Michel Leiris : *Mots sans mémoire.*
376. Daniel-Henry Kahnweiler : *Entretiens avec Francis Crémieux.*
377. Jules Supervielle : *Premiers pas de l'univers.*
378. Louise de Vilmorin : *La lettre dans un taxi.*
379. Henri Michaux : *Passages.*
380. Georges Bataille : *Le Coupable* suivi de *L'Alleluiah.*
381. Aragon : *Théâtre/Roman.*
382. Paul Morand : *Tais-toi.*
383. Raymond Guérin : *La tête vide.*
384. Jean Grenier : *Inspirations méditerranéennes.*
385. Jean Tardieu : *On vient chercher Monsieur Jean.*
386. Jules Renard : *L'œil clair.*
387. Marcel Jouhandeau : *La jeunesse de Théophile.*
388. Eugène Dabit : *Villa Oasis ou Les faux bourgeois.*
389. André Beucler : *La ville anonyme.*
390. Léon-Paul Fargue : *Refuges.*
391. J.M.G. Le Clézio : *Terra Amata.*
393. Jean Giraudoux : *Les contes d'un matin.*
394. J.M.G. Le Clézio : *L'inconnu sur la terre.*
395. Jean Paulhan : *Les causes célèbres.*
396. André Pieyre de Mandiargues : *La motocyclette.*
397. Louis Guilloux : *Labyrinthe.*
398. Jean Giono : *Cœurs, passions, caractères.*
399. Pablo Picasso : *Les quatre petites filles.*
400. Clément Rosset : *Lettre sur les Chimpanzés.*
401. Louise de Vilmorin : *Le lit à colonnes.*
402. Jean Blanzat : *L'Iguane.*
403. Henry de Montherlant : *Les Bestiaires.*
404. Jean Prévost : *Les frères Bouquinquant.*
405. Paul Verlaine : *Les mémoires d'un veuf.*
406. Louis-Ferdinand Céline : *Semmelweis.*
407. Léon-Paul Fargue : *Méandres.*
408. Vladimir Maïakovski : *Lettres à Lili Brik (1917-1930).*

409. Unica Zürn : *L'Homme-Jasmin.*
410. V.S. Naipaul : *Miguel Street.*
411. Jean Schlumberger : *Le lion devenu vieux.*
412. William Faulkner : *Absalon, Absalon !*
413. Jules Romains : *Puissances de Paris.*
414. Iouri Kazakov : *La petite gare et autres nouvelles.*
415. Alexandre Vialatte : *Le fidèle Berger.*
416. Louis-René des Forêts : *Ostinato.*
417. Edith Wharton : *Chez les heureux du monde.*
418. Marguerite Duras : *Abahn Sabana David.*
419. André Hardellet : *Les chasseurs I et II.*
420. Maurice Blanchot : *L'attente l'oubli.*
421. Frederic Prokosch : *La tempête et l'écho.*
422. Violette Leduc : *La chasse à l'amour.*
423. Michel Leiris : *À cor et à cri.*
424. Clarice Lispector : *Le bâtisseur de ruines.*
425. Philippe Sollers : *Nombres.*
426. Hermann Broch : *Les Irresponsables.*
427. Jean Grenier : *Lettres d'Égypte, 1950,* suivi de *Un été au Liban.*
428. Henri Calet : *Le bouquet.*
429. Iouri Tynianov : *Le Disgracié.*
430. André Gide : *Ainsi soit-il* ou *Les jeux sont faits.*
431. Philippe Sollers : *Lois.*
432. Antonin Artaud : *Van Gogh, le suicidé de la société.*
433. André Pieyre de Mandiargues : *Sous la lame.*
434. Thomas Hardy : *Les petites ironies de la vie.*
435. Gilbert Keith Chesterton : *Le Napoléon de Notting Hill.*
436. Theodor Fontane : *Effi Briest.*
437. Bruno Schulz : *Le sanatorium au croque-mort.*
438. André Hardellet : *Oneïros* ou *La belle lurette.*
439. William Faulkner : *Si je t'oublie, Jérusalem. Les palmiers. sauvages.*
440. Charlotte Brontë : *Le professeur.*
441. Philippe Sollers : *H.*
442. Louis-Ferdinand Céline : *Ballets sans musique, sans rien*, précédé de *Secrets dans l'île* et suivi de *Progrès.*
443. Conrad Aiken : *Au-dessus de l'abysse.*
444. Jean Forton : *L'épingle du jeu.*
446. Edith Wharton : *Voyage au Maroc.*
447. Italo Svevo : *Une vie.*

448. Thomas de Quincey : *La nonne militaire d'Espagne.*
449. Anne Brontë : *Agnès Grey.*
450. Stig Dagerman : *Le serpent.*
451. August Strindberg : *Inferno.*
452. Paul Morand : *Hécate et ses chiens.*
453. Theodor Francis Powys : *Le Capitaine Patch.*
454. Salvador Dali : *La vie secrète de Salvador Dali.*
455. Edith Wharton : *Le fils et autres nouvelles.*
456. John Dos Passos : *La belle vie.*
457. Juliette Drouet : *« Mon grand petit homme... ».*
458. Michel Leiris : *Nuits sans nuit.*
459. Frederic Prokosch : *Béatrice Cenci.*
460. Leonardo Sciascia : *Les oncles de Sicile.*
461. Rabindranath Tagore : *Le Vagabond et autres histoires.*
462. Thomas de Quincey : *De l'Assassinat considéré comme un des Beaux-Arts.*
463. Jean Potocki : *Manuscrit trouvé à Saragosse.*
464. Boris Vian : *Vercoquin et le plancton.*
465. Gilbert Keith Chesterton : *Le nommé Jeudi.*
466. Iris Murdoch : *Pâques sanglantes.*
467. Rabindranath Tagore : *Le naufrage.*
468. José Maria Arguedas : *Les fleuves profonds.*
469. Truman Capote : *Les Muses parlent.*
470. Thomas Bernhard : *La cave.*
471. Ernst von Salomon : *Le destin de A.D.*
472. Gilbert Keith Chesterton : *Le Club des Métiers bizarres.*
473. Eugène Ionesco : *La photo du colonel.*
474. André Gide : *Le voyage d'Urien.*
475. Julio Cortázar : *Octaèdre.*
476. Bohumil Hrabal : *La chevelure sacrifiée.*
477. Sylvia Townsend Warner : *Une lubie de Monsieur Fortune.*
478. Jean Tardieu : *Le Professeur Frœppel.*
479. Joseph Roth : *Conte de la 1002e nuit.*
480. Kôbô Abe : *Cahier Kangourou.*
481. Rainer Maria Rilke, Boris Pasternak, Marina Tsvétaïeva : *Correspondance à trois.*
482. Philippe Soupault : *Histoire d'un blanc.*
483. Malcolm de Chazal : *La vie filtrée.*
484. Henri Thomas : *Le seau à charbon.*
485. Flannery O'Connor : *L'habitude d'être.*

486. Erskine Caldwell : *Un pauvre type.*
487. Florence Delay : *Minuit sur les jeux.*
488. Sylvia Townsend Warner : *Le cœur pur.*
489. Joao Ubaldo Ribeiro : *Sergent Getulio.*
490. Thomas Bernhard : *Béton.*
491. Iris Murdoch : *Le prince noir.*
492. Christian Dotremont : *La pierre et l'oreiller.*
493. Henri Michaux : *Façons d'endormi, Façons d'éveillé.*
494. Meša Selimović : *Le derviche et la mort.*
495. Francis Ponge : *Nioque de l'avant-printemps.*
496. Julio Cortázar : *Tous les feux le feu.*
497. William Styron : *Un lit de ténèbres.*
498. Joseph Roth : *La toile d'araignée.*
499. Marc Bernard : *Vacances.*
500. Romain Gary : *L'homme à la colombe.*
501. Maurice Blanchot : *Aminadab.*
502. Jean Rhys : *La prisonnière des Sargasses.*
503. Jane Austen : *L'Abbaye de Northanger.*
504. D.H. Lawrence : *Jack dans la brousse.*
505. Ivan Bounine : *L'amour de Mitia.*
506. Thomas Raucat : *L'honorable partie de campagne.*
507. Frederic Prokosch : *Hasards de l'Arabie heureuse.*
508. Julio Cortázar : *Fin de jeu.*
509. Bruno Schulz : *Les boutiques de cannelle.*
510. Pierre Bost : *Monsieur Ladmiral va bientôt mourir.*
511. Paul Nizan : *Le cheval de Troie.*
512. Thomas Bernhard : *Corrections.*
513. Jean Rhys : *Voyage dans les ténèbres.*
514. Alberto Moravia : *Le quadrille des masques.*
515. Hermann Ungar : *Les hommes mutilés.*
516. Giorgi Bassani : *Le héron.*
517. Marguerite Radclyffe Hall : *Le puits de solitude.*
518. Joyce Mansour : *Histoires nocives.*
519. Eugène Dabit : *Le mal de vivre.*
520. Alberto Savinio : *Toute la vie.*
521. Hugo von Hofmannsthal : *Andréas et autres récits.*
522. Charles-Ferdinand Ramuz : *Vie de Samuel Belet.*
523. Lieou Ngo : *Pérégrinations d'un clochard.*

*Impression Société Nouvelle Firmin-Didot*
*le 21 mars 2006.*
*Dépôt légal : mars 2006.*
*1^er^ dépôt légal dans la collection : octobre 1992.*
*Numéro d'imprimeur : 78400.*

ISBN 2-07-072720-3/Imprimé en France.

142840